Dulce belleza

Chantelle Shaw

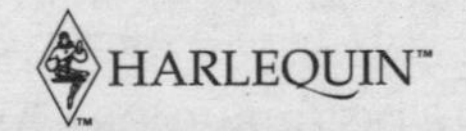

Editado por HARLEQUIN IBÉRICA, S.A.
Núñez de Balboa, 56
28001 Madrid

DULCE BELLEZA, N.º 1995 - 28.4.10
Título original: Argentinean Playboy, Unexpected Love-Child
Publicada originalmente por Mills & Boon®, Ltd., Londres.

I.S.B.N.: 978-84-671-7939-2
Depósito legal: B-6832-2010
Editor responsable: Luis Pugni
Preimpresión y fotomecánica: M.T. Color & Diseño, S.L.
C/ Colquide, 6 portal 2 - 3º H. 28230 Las Rozas (Madrid)
Impresión y encuadernación: LITOGRAFÍA ROSÉS, S.A.
C/ Energía, 11. 08850 Gavá (Barcelona)
Fecha impresion para Argentina: 25.10.10
Distribuidor exclusivo para España: LOGISTA
Distribuidor para México: CODIPLYRSA
Distribuidores para Argentina: interior, BERTRAN, S.A.C. Vélez Sársfield, 1950. Cap. Fed./ Buenos Aires y Gran Buenos Aires, VACCARO SÁNCHEZ y Cía, S.A.
Distribuidor para Chile: DISTRIBUIDORA ALFA, S.A.

Capítulo 1

DIEGO se apoyó en la valla del prado. Observó con el ceño fruncido cómo un caballo con su jinete realizaba un triple salto con increíble facilidad. El siguiente obstáculo era una valla de considerable altura. El caballo tomó velocidad y el jinete se aferró al cuello del animal para prepararse para saltar.

Las habilidades de equitación de aquel jinete eran fascinantes. Sin percatarse de ello, Diego contuvo la respiración a la espera de que el caballo levantara las patas del suelo. Pero justo en ese momento salió una motocicleta de la arboleda que había junto al prado y el molesto sonido de su motor terminó con la paz que había reinado en el ambiente. La motocicleta comenzó a bordear la valla del prado. El caballo claramente se asustó por el ruido y Diego supo que se negaría a saltar. Pero no había nada que él pudiera hacer y, sintiéndose impotente, observó cómo el caballo tiró a su jinete al suelo.

Rachel se quedó sin aliento debido al impacto y trató con todas sus fuerzas de respirar. Sintió cómo le dio vueltas la cabeza y cómo su cuerpo recuperó la sensibilidad… momento en el que fue consciente de lo doloridos que tenía los brazos, los hombros, las caderas… Le pareció más fácil mantener los ojos cerrados, pero oyó una voz y se forzó en levantar los párpados, momento en el que vio a un hombre junto a ella.

–No trate de moverse. Quédese quieta mientras yo

compruebo si se ha roto algún hueso. Dios… tiene suerte de seguir con vida –dijo el hombre–. Voló por el aire como una muñeca de trapo.

Rachel apenas se percató de que él comenzó a palparle los huesos del cuerpo… hasta que llegó a sus costillas, momento en el que hizo un gesto de dolor. Todavía aturdida por la caída, cerró los ojos de nuevo.

–No se desmaye. Voy a telefonear a una ambulancia.

–No necesito una ambulancia –contestó ella entre dientes, forzándose en abrir los ojos.

Aquel extraño acercó la cara a la suya. Rachel pudo sentir su cálida respiración en la mejilla y, al verlo con claridad, lo reconoció de inmediato. Aquel hombre era Diego Ortega, campeón internacional de polo, multimillonario, y un afamado playboy que, según la prensa, tenía tanto éxito en conseguir mujeres bellas como títulos de polo. A Rachel no le interesaban los artículos de cotilleo, pero desde que había tenido doce años había devorado todas las revistas de equitación que habían caído en sus manos y no había duda de que el argentino era una leyenda en el deporte que había elegido como profesión.

Supuso que no debió sorprenderle la presencia de Diego Ortega ya que, durante las anteriores semanas, el tema de conversación de los muchachos de la finca había sido la inminente visita de éste a Hardwick Hall. Pero verlo allí en carne y hueso fue muy impresionante. Le desconcertó darse cuenta de que el argentino la había estado observando realizar saltos con Piran.

Él ya había sacado su teléfono móvil de sus pantalones vaqueros y Rachel se forzó en levantarse… aunque le dolió mucho la cadera y no pudo hacerlo.

–Le dije que permaneciera tumbada –comentó Diego Ortega con una mezcla de impaciencia y preocupación. Su voz tenía mucho acento.

Rachel se reveló de inmediato contra el tono autoritario de la voz de él.

–Y yo le dije a usted que no necesito una ambulancia –contestó con firmeza, logrando arrodillarse por pura determinación.

–¿Es siempre tan desobediente? –Diego no se molestó en ocultar su irritación.

Murmuró algo que Rachel no pudo entender pero, por el tono de voz que empleó, a ella le agradó no haber podido comprender. Se dijo a sí misma que una vez que se pusiera de pie se encontraría mejor. No podía permitirse perder un par de horas sentada en la sala de espera del hospital de la zona. Se forzó en moverse, pero entonces, sorprendida, emitió un grito al sentir cómo unas fuertes manos la tomaron por la cadera y la levantaron por los aires.

No estuvo más de un segundo presionada contra el musculoso pecho de Diego Ortega, pero la sensación de tener aquellos poderosos brazos sujetándola, así como el respirar la seductora fragancia de la colonia de éste, provocaron que le diera vueltas la cabeza. Se le revolucionó el corazón y no fue debido a la caída. De cerca, aquel hombre era impresionante. Llevaba puesta una camisa color crema con los botones superiores desabrochados y pudo ver el oscuro vello que parecía cubrirle todo el pecho, así como también los antebrazos. Entonces lo miró a la cara y observó las bellas facciones que tenía. Poseía una boca realmente preciosa.

Se preguntó cómo sería un beso de aquella boca. El color que había desaparecido de su cara debido a la impresión de la caída, volvió a sus mejillas. No apartó la mirada y observó sus ojos color ámbar, ojos que en aquel momento estaban brillando en señal de advertencia.

Cuando él la dejó en el suelo, trató desesperadamente de ocultar el hecho de que le temblaron las piernas. Pero mientras miró el brillante color caoba del cabello de aquel hombre, cabello que le llegaba hasta los hombros, se dijo a sí misma que el temblor no tenía nada que ver con él, sino con la caída que había sufrido.

Diego Ortega tenía un aspecto muy masculino. Tenía una piel aceitunada que le recordó una fotografía que había visto en una ocasión de un jefe Sioux… oscuro, peligroso… innegablemente el hombre más guapo que jamás había visto.

Él todavía la tenía agarrada por los brazos. Pareció que temía que si la soltaba, ella caería al suelo. Pero Rachel necesitó poner distancia entre ambos.

–Gracias –murmuró, echándose para atrás.

Durante un momento pensó que Diego no iba a soltarla, pero entonces lo hizo. Éste frunció el ceño al observar cómo ella se balanceó.

–Necesita que la vea un médico –comentó lacónicamente–. Aunque lleva puesto un casco, podría haber sufrido una conmoción cerebral.

–Estoy bien, de verdad –se apresuró en asegurar Rachel. Se forzó en esbozar una sonrisa, pero en el fondo se sintió como si una apisonadora le hubiera aplastado todo el cuerpo–. He sufrido caídas mucho peores que ésta.

–No me sorprende –mascullό él–. El caballo es demasiado grande para usted –añadió.

Tras decir aquello, giró la cabeza y miró el semental negro que había captado su atención cuando se había acercado al prado de ensayos. Su interés en el jinete había llegado a posteriori, cuando al ver la rubia trenza que se movía bajo el casco se había percatado de que aquella delicada figura era definitivamente femenina. El caballo, que en aquel momento ya se había tranquilizado, era muy grande y fuerte. Incluso a un hombre le resultaría difícil controlarlo.

Pensó que aquella mujer era llamativamente bella. No llevaba maquillaje, tenía la piel como la porcelana y las mejillas sonrosadas. Era una verdadera rosa inglesa. Le cautivaron sus ojos azules, ojos que lo estaban analizando fijamente.

Asombrado, frunció el ceño al percatarse de que se había quedado mirándola. Estaba acostumbrado a que las mujeres se quedaran mirándolo a él. Pero aquella fémina era simplemente exquisita. Tenía un aspecto tan frágil que no comprendió cómo no se había roto todos los huesos en la caída.

–Me impresiona que su padre le permita montar un animal tan poderoso –comentó.

–¿Mi padre? –desconcertada, Rachel se quedó mirándolo.

Pensó que ni su verdadero padre, ni los dos siguientes maridos de su madre, la cual había insistido en que los llamara «papá», habían estado suficientemente interesados en ella como para preocuparse por la clase de animal que montaba. Pero Diego Ortega no sabía nada de su complicada familia, ni del hecho de que su madre se había casado tantas veces.

–Ni mi padre ni nadie me «permite» hacer nada –contestó con dureza–. Soy adulta y tomo mis propias decisiones. Puedo manejar perfectamente a Piran.

–Es un caballo demasiado fuerte para usted y es una ingenua si piensa que podría controlarlo si él decide desbocarse –respondió Diego fríamente–. Cuando se negó a saltar no pudo controlarlo en absoluto... aunque, para ser justo, debo admitir que no fue enteramente culpa suya. ¿Quién demonios conducía la motocicleta? No puedo creer que el conde Hardwick permita que un gamberro se pasee a sus anchas por su propiedad como un lunático.

–Desafortunadamente, el conde le permite hacer a

su hijo lo que éste quiera –explicó Rachel–. El gamberro al que se ha referido es Jasper Hardwick, y yo no podría estar más de acuerdo con su descripción de él. Pasa mucho tiempo alterando la propiedad con su maldita motocicleta. Salió de la arboleda sin previo aviso y es normal que Piran se asustara. Apostaría a que ningún jinete podría controlarlo en esa situación.

–Quizá tenga razón –concedió Diego, encogiéndose de hombros–. Usted monta bien –reconoció de mala gana. Cuando había llegado al prado, se había percatado de la empatía que había entre la muchacha y el caballo. Ella tenía un talento innato para montar.

Se acercó al semental, el cual estaba ya muy tranquilo atado a la valla. Tomó sus riendas.

–¿Cuántos años tiene? –preguntó, acariciando el costado del animal.

–Seis. Yo llevo realizando saltos con él desde hace dos años.

–Es un caballo muy bonito. ¿Cómo ha dicho que se llamaba?

–Piran. Vino de un establo de Cornwall y su nombre significa «oscuro»… muy apropiado por su color –contestó Rachel, acariciando el negro manto del caballo.

En ese momento las manos de ambos se rozaron al acercar Diego la mano para acariciar el lomo del animal. Ella se quedó sin aliento ante aquel contacto, tras lo cual se ruborizó al percatarse del brillo que reflejaron los ojos de él, brillo que dejó claro que Diego se había percatado de su reacción.

–Así que el caballo se llama Piran… ¿y el jinete…? –preguntó él con voz ronca.

–Rachel Summers –contestó ella con brío.

Era la encargada de preparar a los caballos en el Hardwick Polo Club y era muy probable que fuera a ocuparse de los de Diego en el partido de polo que iba a celebrarse. El argentino era la estrella invitada.

–Y tú eres Diego Ortega –comentó educadamente, quitándose el casco–. Todo el mundo aquí, en Hardwick, está emocionado con tu visita.

Él frunció el ceño, pero a continuación esbozó una divertida sonrisa.

–De la misma manera que el significado del nombre de Piran va acorde con el color de su pelo, tu apellido concuerda con la tonalidad de tu pelo, que es del mismo color que el trigo maduro en verano –murmuró el argentino con la mirada fija en los rizos dorados que le caían alrededor de la cara a ella.

Rachel era bajita y, cuando la había tomado en brazos, se había percatado de que no pesaba nada. Pero a pesar de su frágil apariencia, era tan luchadora y ardiente como algunos de los potros del criadero que tenía en su Estancia Elvira, en Argentina.

–Tienes el aspecto de una muchacha que acaba de terminar el instituto. ¿Cuántos años tienes?

–Veintidós –espetó ella, estirándose. Deseó ser un poco más alta.

Era consciente de que aparentaba tener menos edad de la que en realidad tenía. Pero como raramente se preocupaba por arreglarse, sino que simplemente se lavaba la cara y se peinaba el pelo en una trenza, era culpa suya que Diego Ortega la hubiera confundido con una quinceañera. Irritada, se dijo a sí misma que no le importaba la opinión que aquel hombre tuviera de su apariencia. Pero se sentía muy orgullosa de sus habilidades como jinete y le había molestado que él hubiera cuestionado su capacidad para controlar a Piran.

Comenzó a respirar agitadamente. Le impresionó observar cómo Diego la miró de arriba abajo y cómo fijó la vista en sus pechos. Tragó saliva con fuerza y se recordó a sí misma que no había mucho bajo su camisa que pudiera excitar a aquel hombre. Montar a caballo era más que su pasión; desde que había sido una jovencita se había convertido en una obsesión que había excedido cualquier interés en su apariencia física. Nunca le había preocupado el hecho de no haber desarrollado mucho pecho. Pero en aquel momento, por primera vez en su vida, deseó tener un aspecto más femenino, tener más curvas y algo más que unos diminutos bultitos que no requerían el soporte de un sujetador.

Repentinamente sintió las piernas débiles y le pareció que el aire se le había quedado atrapado en los pulmones… sintió la misma sensación que cuando Piran la había tirado al suelo.

Durante su adolescencia había estado tan ocupada montando a caballo que no había tenido tiempo para chicos. Y, aunque había tenido un par de relaciones desde que había dejado el colegio, ambas habían durado poco debido a su falta de interés. Pero Diego Ortega no se parecía en nada a los chicos con los que ella había salido y la estaba mirando de una manera en la que jamás la había mirado ningún hombre. Tal vez su experiencia con el sexo opuesto fuera limitada, pero pudo percibir el interés de Diego. Reconoció la química que había entre ambos y no pudo contener el pequeño escalofrío que le recorrió la espina dorsal.

Él frunció el ceño al percatarse de que Rachel no llevaba sujetador. Pudo distinguir claramente a través de la tela de su camisa la piel más oscura de sus pezones… así como también pudo observar cómo éstos se endurecieron provocativamente. El calor se apoderó de su cuerpo y se sintió impresionado ante la intensidad de éste. No se había sentido tan excitado desde hacía muchos años. Sintió cómo se le aceleró el corazón y cómo sus pantalones vaqueros repentinamente le quedaron estrechos a la altura de la ingle…

Se dijo a sí mismo que había llegado el momento de que se moviera, de que rompiera con aquella sensualidad que había atrapado a ambos. Miró su reloj y vio que ya era hora de que regresara a la casa para cambiarse para la cena que iba a tener con el conde y la señora Hardwick, así como con su atractiva, pero demasiado ansiosa hija, Felicity. Se preguntó si el idiota del hijo del matrimonio, que casi había causado un serio accidente, también estaría presente en la cena. Lo que tenía claro era que iba a informar al conde de que no permitiría que unas ruidosas motocicletas pasaran cerca de los ponis de pura sangre a los que él debía entrenar en el Hardwick Polo Club.

Volvió a mirar a Rachel a la cara y se centró en su sugerente boca. Le dio un vuelco el estómago al imaginarse cómo sería besar aquellos labios y explorarla con la lengua. Pensó que seguramente tenía un sabor muy dulce y que le respondería encantada. Se percató de que se le habían dilatado las pupilas, pupilas que reflejaron una sensual promesa.

Se preguntó quién sería aquella mujer y se dijo a sí mismo que podría ser una interesante diversión durante los siguientes meses. Sabía que la aristocrática familia Hardwick tenía muchas ramas y supuso que Rachel sería una pariente.

–¿Vives en la casa principal, en Hardwick Hall? –exigió saber abruptamente, forzándose en apartarse de ella.

–El conde Hardwick no suele invitar a su personal a dormir en su casa –contestó Rachel con sequedad–. Ni siquiera a los encargados.

–Así que trabajas aquí –comentó Diego, frunciendo el ceño–. ¿Es tuyo Piran?

–No, me lo han prestado. Su dueño es Peter Irving, el propietario de la granja que hay junto a la finca Hardwick. Peter fue un jinete especializado en caballos de salto y es quien me patrocina.

–Irving… me suena ese apellido.

–Ganó tres veces el oro en las Olimpiadas y fue capitán del Equipo Ecuestre Británico durante muchos años. Peter es mi inspiración –explicó ella.

–¿Esperas ser seleccionada para el equipo inglés? –preguntó Diego.

–Las próximas Olimpiadas son mi sueño –admitió Rachel, ruborizándose. Pero a continuación se preguntó por qué le había revelado sus sueños a un hombre al que apenas conocía. Jamás le había contado aquello a nadie, aparte de a Peter Irving. Ni siquiera a su familia.

Desde que sus padres se habían divorciado cuando ella había tenido nueve años, ambos habían estado demasiado involucrados con sus nuevas parejas e hijos como para interesarse por ella. En las pocas ocasiones en las que le había mencionado algo de los caballos a su madre, Liz Summers, sólo había conseguido discutir y tener que soportar que ésta le dijera que debía encontrar un trabajo como era debido, un lugar decente donde vivir en vez de una vieja caravana y un novio…

–Pero para las Olimpiadas todavía queda mucho –murmuró–. Por ahora estoy trabajando duro con la esperanza de que me seleccionen para el equipo que participará en el campeonato europeo del año que viene. Tanto Peter como el conde Hardwick piensan que tengo muchas posibilidades. El conde me ha apoyado mucho en mi carrera –añadió–. Me permite tener aquí a Piran y siempre me da tiempo libre para que pueda ir a las competiciones. Las facilidades en Hardwick son excelentes y trabajar aquí está suponiendo una experiencia fantástica.

–No tan fantástica cuando tu caballo se niega a saltar –comentó Diego con sequedad, notando cómo ella se estaba restregando las costillas–. Yo llevaré a Piran a los establos.

Sin darle tiempo a Rachel de discutir, ajustó los estribos del caballo y subió a la silla de montar con mucho estilo. Piran normalmente no aceptaba que lo montaran extraños, pero se quedó muy tranquilo mientras él le habló. La voz de Diego era extrañamente hipnótica.

Rachel pensó que era una pena que aquel jinete argentino no tuviera un efecto tan tranquilizador sobre ella. Se sintió muy alterada y supo que no era sólo por la caída.

Abrió la puerta del prado y Diego guió a Piran hacia la salida. Una vez fuera, detuvo al animal y la esperó.

–Sigo creyendo que debería telefonear a un médico –dijo al observar que ella hizo un gesto de dolor a cada paso que dio–. Estás muy pálida y obviamente dolorida.

–Simplemente tengo el cuerpo amoratado, eso es todo –contestó Rachel tercamente.

Diego le dirigió una dura mirada.

–Se te va a poner todo el cuerpo morado y mañana te dolerá mucho. Para no empeorar las cosas, no deberías montar a caballo durante una semana.

–Estás bromeando, ¿verdad? –respondió ella. Pareció escandalizada–. Tengo una competición dentro de poco y mañana voy a hacer de nuevo el circuito con Piran. Éste habría saltado la última valla sin problemas si no le hubiera asustado la motocicleta.

Él maldijo. Lo hizo con una mezcla de impaciencia y admiración ante la tozudez de Rachel.

–Eres la mujer más testaruda que he conocido –comentó. La agarró y la subió al caballo junto a él sin que ella pudiera hacer nada.

La sentó delante de él. La sujetó con un brazo contra su pecho mientras con la otra mano agarró las riendas y controló al semental con increíble facilidad.

Al mirar los fuertes antebrazos de Diego, Rachel se percató de que tratar de bajarse sería inútil, por lo que decidió quedarse allí quieta hasta que llegaran a los establos. Pero la sola sensación de los fuertes muslos del argentino presionando su trasero era algo muy íntimo. El calor que desprendía su cuerpo, así como la fragancia de su colonia mezclada con otro delicado aroma excitantemente masculino y extremadamente embriagador, le estaban afectando mucho.

Cuando llegaron a los establos, se sintió muy agradecida. Diego desmontó primero y, con cuidado, la ayudó a bajar a ella. Entonces la tomó en brazos. Irritada, Rachel pensó que pareció como si él pensara que ella era la muñeca de trapo a la que se había referido cuando había descrito la caída.

Cuando por fin la sentó en un fardo de heno, estaba muy ruborizada. Y cuando fue a levantarse, Diego se acercó para impedírselo.

–Tengo que ver a Piran –explicó ella, enfadada.

–Le pediré a alguno de los muchachos que lo cepille. A ti te cuesta respirar… puedo verlo reflejado en tus ojos, aunque seas demasiado testaruda como para admitirlo –contestó él.

Rachel se quedó mirándolo a la cara y se dio cuenta de que había conocido a alguien que estaba tan decidido como ella a salirse con la suya.

–Ya te he dicho que estoy bien –dijo entre dientes–. Y a Piran no le gusta que nadie más lo cepille.

–Bueno, pues va a tener que acostumbrarse porque no quiero verte de nuevo por los establos hasta que no te hayas hecho una radiografía de las costillas y un chequeo médico completo. Mi chófer, Arturo, te llevará en coche hasta el hospital –le informó Diego con frialdad–. Te llevaría yo mismo pero, como ya te he dicho, la señora Hardwick va a ofrecer una cena esta noche… y me parece que yo soy la estrella invitada –añadió con sequedad.

Al ir a decir algo Rachel, él se apresuró en continuar hablando.

–No pierdas tu tiempo discutiendo conmigo –le advirtió, colocándole un dedo por debajo de la barbilla. Presionó levemente hacia arriba para que a ella no le quedara otro remedio que cerrar la boca y tragarse las palabras que estaba deseando decir–. Yo estaré a cargo de los establos durante mi estancia en Hardwick Hall y me niego a tener a alguien que apenas puede moverse trabajando bajo mis órdenes. Si te has roto las costillas o has resultado herida, supones una responsabilidad de la que no me quiero hacer cargo.

Tras decir aquello, sonrió a pesar de la furia que reflejó la expresión de la cara ella.

–Voy a estar aquí todo el verano –añadió con una sensual voz.

Rachel pensó que era obvio que Diego Ortega era un seductor nato, pero también era el hombre más arrogante que jamás había conocido. Se sintió indignada con su cuerpo por haber respondido ante él. Sintió un cosquilleo por los pechos y unas impactantes ansias de que Diego la tumbara sobre el heno y de que la besara como nunca antes nadie lo había hecho.

–¿Qué quieres decir con eso de que vas a estar aquí «todo el verano»? –contestó con la voz ronca–. Sé que has venido para el torneo de polo, pero había pensado que después regresarías a Argentina –añadió con la consternación reflejada en la mirada.

Él negó con la cabeza y esbozó una gran sonrisa.

–Normalmente paso un par de meses, cuando es invierno en Argentina, en mi escuela de polo de Nueva York. Pero este año el conde me ha invitado a Hardwick para que entrene a los ponis. Así que ya ves, Rachel… –Diego le acarició entonces los labios con su dedo pulgar– durante el próximo mes más o menos seré tu jefe y deberás obedecer mis reglas. Ve al hospital con Arturo, espera hasta que te hagan una revisión completa y, cuando puedas decirme que estás bien de salud, serás bienvenida. Hasta entonces, si veo un mechón de tu bonito pelo rubio cerca del establo de Piran, habrá problemas, ¿comprendes?

Por el tono de voz de él, ella se percató de que sería peligroso enfadarlo. Le indignó su prepotencia y giró la cabeza. Pero tembló al hacerlo. La manera tan delicada con la que Diego le había acariciado los labios había sido impresionantemente íntima. Pensó que la idea de tener que trabajar para él durante todo el verano era realmente perturbadora.

–El conde Hardwick me nombró jefa de los muchachos y estoy segura de que tendrá algo que decir cuando le informe de que me has apartado de mi trabajo –dijo, enfurecida.

–Al conde le costó mucho convencerme de que viniera a Gloucestershire en vez de que me fuera a Nueva York. Creo que descubrirás que le parecerá bien cualquier cosa que yo diga –respondió Diego con gran arrogancia.

Ella sintió ganas de abofetearlo.

–Además, no te he apartado de tu trabajo, Rachel. De hecho, tengo muchas ganas de trabajar contigo una vez me asegure de que no has sufrido ninguna herida de importancia. Tengo unos planes estupendos para el Hardwick Polo Club y me da la impresión de que tú y yo vamos a pasar juntos mucho tiempo –comentó él con un sensual brillo reflejado en los ojos.

Rachel sintió cómo un escalofrío le recorrió la espina dorsal. Deseó levantarse y decirle que se perdiera, que antes preferiría trabajar para el diablo que para él. Pero no pudo moverse ya que se había quedado atrapada bajo el magnetismo de Diego. Estaba cautivada por su impactante masculinidad. No pudo apartar la mirada de su sensual boca y, al acercar él la cabeza levemente a ella, dejó de pensar y casi de respirar. Cuando pareció que iba a besarla, se le revolucionó el corazón.

Pero para su profunda decepción, Diego no la besó. En vez de ello, se enderezó y se apartó de ella. A continuación esbozó una burlona sonrisa.

–Espera aquí a que venga a buscarte Arturo –le ordenó antes de dirigirse a la puerta de los establos, donde se detuvo–. Parece que va a ser un verano muy interesante, ¿no crees, Rachel?

Capítulo 2

PARA alivio de Rachel, la radiografía mostró que no se había roto ningún hueso en la caída. Pero tenía las costillas y los hombros gravemente magullados y el doctor fue muy firme al decirle que no debía montar a caballo durante los siguientes días.

–Dudo que mañana seas capaz de moverte –le dijo mientras le dio unas recetas para unos fuertes analgésicos–. Toma dos de éstos dos veces al día y descansa.

Pero para ella, el hecho de que no se había roto ningún hueso significó que al día siguiente podría trabajar en los establos.

Inconvenientemente, a la mañana siguiente se despertó completamente dolorida y, al ver los moretones que tenía por todo el cuerpo, tuvo que admitir que no estaba en condiciones de montar en bicicleta para ir a los establos ni de pasar la mañana ejercitando caballos.

Aparte del hecho de que, aunque lograra llegar a los establos, seguramente Diego Ortega le ordenaría que regresara de nuevo a casa. El argentino era el individuo más arrogante que jamás había conocido, pero al mismo tiempo era el hombre más sexy que había visto.

La mañana se le hizo interminable, pero afortunadamente los analgésicos funcionaron y por la tarde ya no se encontró tan mal. Uno de los muchachos de la finca le mandó un mensaje en el cual le informó de que Diego había regresado a Hardwick Hall, donde se estaba hospedando como invitado del conde. Mientras se dirigió hacia los establos en bicicleta, ella pensó que era muy improbable que él regresara a trabajar aquella tarde. Cada vez que se encontró con un bache en el camino, sintió un gran dolor.

A Piran le agradó mucho verla. Tenía el manto muy brillante y Rachel supuso que alguien lo había cepillado. Pero volvió a cepillarlo y le dio un par de caramelos de menta. No se percató de que tenían compañía hasta que una figura se le acercó por detrás.

–Jasper, me vas a causar un infarto si te acercas a mí de esta manera –espetó cuando un leve sonido provocó que se diera la vuelta–. Es una pena que ayer no fueras tan silencioso con tu motocicleta –añadió.

Sintió la misma intranquilidad que siempre le invadía cuando estaba a solas con el hijo y heredero del conde Hardwick. El joven inglés era uno de los solteros de oro de la zona. Su bonito pelo rubio le caía sobre la frente y ella podía comprender por qué las mujeres se sentían atraídas por él. Pero para ella no tenía nada atractivo.

–Sí, he oído que Piran te tiró al suelo cuando estabas montándolo ayer –comentó Jasper, apoyándose en la puerta del compartimiento.

Le cerró el paso a Rachel, la cual instintivamente se echó para atrás.

–Fue culpa tuya, no de Piran –aseguró ella–. El ruido de tu motocicleta le asustó. Desearía que no montaras cerca del prado.

Jasper se encogió de hombros.

–Es mi tierra… o lo será algún día. Deberías ser agradable conmigo, Rachel –dijo, esbozando una pícara sonrisa. Entonces se acercó a ella y le acarició la mejilla–. En el futuro voy a ser muy rico… siempre y cuando mi querido papá no derroche la fortuna familiar en el club de polo. Dios sabe cuánto dinero le habrá pagado a Diego Ortega para convencerlo de que viniera aquí a compartir con nosotros su «pericia» –añadió petulantemente–. Ortega ya es multimillonario y el dinero que el viejo le ha pagado podría haber ido destinado a aumentar mi mísera asignación.

–El señor Ortega tiene fama de ser uno de los mejores entrenadores del mundo –murmuró Rachel–. Su presencia en el Torneo de Polo Hardwick ha triplicado la venta de entradas.

–Ortega es un famoso playboy –comentó Jasper, enfurruñado. Obviamente le había molestado la defensa que ella había hecho de Diego–. Anoche, mi hermana estuvo todo el tiempo encima de él –añadió–. No me digas que tú también has caído bajo sus encantos.

–Desde luego que no –se apresuró en contestar Rachel.

Pero tal vez lo hizo demasiado rápido ya que Jasper se quedó mirándola. Ella se ruborizó.

–A juzgar por mi breve encuentro con Diego Ortega, me pareció que es uno de los hombres más desagradables que jamás he conocido. Me alegraré cuando se marche de aquí –comentó.

–¿Ésa es tu opinión? ¡Qué decepción! Tenía muchas esperanzas en nuestra relación –terció entonces alguien con mucho acento en la voz.

Rachel emitió un gritito y giró la cabeza para ver a Diego Ortega.

–Me refería a nuestra relación laboral, claro está –añadió éste. Al ver cómo Jasper frunció el ceño, esbozó una insulsa sonrisa frente a él.

Diego centró de nuevo su atención en Rachel, la cual sintió cómo le dio un vuelco el estómago al mirarla él a los ojos. Obviamente el argentino se había cambiado de ropa para la cena y estaba impresionantemente guapo vestido con unos pantalones negros de vestir y una camisa de seda blanca. Se había desabotonado la camisa por el cuello y ella pudo ver parte de la dorada piel de su pecho.

–Me temo que durante los próximos meses me verás muchas veces –dijo Diego sarcásticamente.

Rachel miró al suelo y deseo que éste se abriera y la tragara.

–El conde Hardwick me ha retado a convertir el Hardwick Polo Club en un lugar de referencia para el deporte… y yo jamás puedo resistirme ante un reto –continuó él sin apartar la mirada de la ruborizada cara de ella.

Entonces miró a Jasper con una actitud desdeñosa.

–Me temo que ya no vas a poder continuar montando en motocicleta por la finca. Voy a realizar un entrenamiento intensivo con ponis y no quiero perder tiempo al tener que calmarlos cada vez que tú los aterrorices. Tu desconsiderada actuación de ayer provocó el accidente de Rachel y sólo fue pura suerte que las consecuencias del mismo no fueran más graves.

Jasper se sintió enfurecido.

–No es culpa mía que Rachel no pueda controlar su caballo –dijo, resentido–. Todo el mundo sabe que Piran es demasiado fuerte para ella –añadió, dirigiéndole a Diego una mirada de aversión–. Tú no puedes decirme lo que tengo que hacer. Mi padre…

–Tu padre está de acuerdo conmigo en que la motocicleta no debe entrar en la zona de los establos y de los prados –interrumpió Diego–. Las habilidades de Rachel como jinete no pueden discutirse. Ayer estuve observando cómo montaba y, en mi opinión, es una jinete excelente.

Ella se ruborizó ante aquel inesperado cumplido. Enfurecido, Jasper la miró para a continuación mirar a Diego. Maldijo gravemente antes de darse la vuelta y salir de los establos. En el silencio que se apoderó entonces de la situación, Rachel sintió cómo la tensión aumentó y se centró en colocar en su sitio los cepillos de Piran.

–Puede que sea un miembro de la aristocracia británica, pero es un individuo sin encanto, ¿verdad? –comentó Diego–. Aunque tal vez tú no pienses así. ¿Quedaste con él en veros aquí ya que sabías que los demás muchachos no estarían en los establos?

Impresionada ante aquella acusación, ella se dio la vuelta. Pudo ver que él estaba mirándola fija y fríamente con sus ojos color ámbar.

–Desde luego que no –negó con fiereza–. ¿Por qué querría yo hacer eso? No estoy ni lo más mínimo interesada en Jasper.

Diego entró en el compartimiento y acarició a Piran.

–Bueno, pues él está interesado en ti –dijo con dureza–. Te doy un consejo, querida... no coquetees con Hardwick a no ser que quieras llegar hasta el final. Él te desea fervientemente y no es buena idea alentarlo.

–¡Yo no estaba coqueteando con Jasper! –espetó Rachel con la furia reflejada en la mirada–. Seguramente él me vio entrar en los establos y me siguió. Sólo vine a ver a Piran, no a montar –añadió al recordar que Diego le había prohibido acercarse a los establos–. Aunque las radiografías mostraron que no me he roto nada. No hay ninguna razón por la que no pueda montar.

–Aparte de la recomendación del doctor, el cual te dijo que te quedaras en cama durante un par de días. Arturo oyó la conversación que mantuvisteis en el hospital –murmuró Diego. Sintió una mezcla de impaciencia y diversión cuando ella lo miró.

Pensó que Rachel era extremadamente testaruda...

un fallo que ambos compartían. Comprendía su obsesión por montar a caballo y su adicción a la adrenalina que sentía cuando realizaba los saltos. Obviamente le gustaba llegar al límite, al igual que le ocurría a él en el campo de polo. Se preguntó qué la movía ya que era algo que le hacía no preocuparse por su seguridad… al igual que lo que le había movido a él le había llevado a correr riesgos que lo habían catapultado a lo más alto en el polo y en varias ocasiones casi a la tumba.

Deseó hacerle entrar en razón, pero al mismo tiempo deseó besarle los labios hasta que los separara y él pudiera introducir la lengua en su boca. Le irritó el efecto que Rachel tenía en él. El día anterior había pensado que ella sería una diversión interesante durante su estancia en Hardwick, pero tras una noche en la que no había descansado ya que no había podido quitársela de la cabeza, había decidido que lo que ella suponía era una complicación innecesaria. Había asumido que cuando volviera a verla habría tenido su inconveniente atracción por ella bajo control pero, en cuanto había entrado en los establos y la había visto, le había dado un vuelco el corazón. Había tenido que admitir que su atracción no había disminuido.

El pelo de Rachel era del mismo color del oro y tenía una melena que le llegaba por la mitad de la espalda. Deseó abrazarla para que sintiera la dura evidencia de su excitación. Sintió una necesidad agobiante de tumbarla sobre el heno pero, en vez de ello, lo que hizo fue reunir toda su fuerza de voluntad y salir del compartimiento de Piran.

–Como puedes ver, Piran está bien. No me causó ningún problema cuando lo cepillé antes –comentó–. Te llevaré a casa en coche. Vives en la granja de Irving, ¿no es así?

–Sí, pero no hay necesidad de que me lleves… he

venido en bicicleta –respondió ella–. Tardo menos si atravieso la arboleda.

–Quiero hablarte de los caballos que he traído desde Argentina para el torneo de polo. Pero si te vas a oponer a todo lo que digo, me tendré que preguntar seriamente si puedo tenerte aquí trabajando –espetó Diego.

Rachel se preguntó si él estaba amenazando con echarla y el pánico le invadió el cuerpo. Pero el argentino no le dio más opciones para hablar y salió del establo. Ella lo siguió y, cuando él abrió la puerta de su vehículo, se introdujo en éste y se sentó en el asiento del pasajero. Miró al frente y se le revolucionaron los sentidos cuando, al sentarse Diego detrás del volante, pudo percibir la exótica fragancia de su aftershave.

–Ibas a hablarme de tus caballos –murmuró tentativamente cuando él había conducido ya hasta casi los límites de la finca Hardwick en completo silencio.

Diego respiró profundamente, como si él también se hubiera dado cuenta de la tensión que se respiraba en el ambiente. Pero a continuación comenzó a darle información detallada acerca de sus ponis. Rachel escuchó detenidamente e incluso le sorprendió cuando el coche se detuvo y se percató de que habían llegado a la granja.

–En el cobertizo he dejado algunas notas acerca de lo que comen y de sus historiales médicos. Podrás leerlos cuando regreses al trabajo tras el fin de semana –dijo él en un tono que no admitió discusión acerca de cuándo iba a permitirle a Rachel volver a trabajar.

–Está bien. Entonces nos veremos la próxima semana –contestó ella. Se preguntó cómo iba a sobrevivir durante tres largos días sin montar a caballo. Se dijo a sí misma con firmeza que la idea de no ver a Diego durante el fin de semana no tenía nada que ver con la deprimente sensación que se había apoderado de su cuerpo.

–Antes de que te marches… esto es para ti –él tomó algo del asiento trasero del vehículo y le entregó a Rachel un enorme ramo de rosas amarillas. Sonrió al notar lo sorprendida que se había quedado ella–. Son para desearte que te recuperes rápido –explicó–. Cuando fui a la floristería, el color me recordó tu brillante pelo… y las afiladas espinas fueron un recordatorio de tu difícil personalidad. Casi morí desangrado cuando tomé el ramo.

–No pretendo ser difícil. Es simplemente que estoy acostumbrada a hacer las cosas a mi manera y a tomar mis propias decisiones, eso es todo –aseguró Rachel entre dientes. Hundió la cara entre las rosas ya que no se sintió capaz de soportar la mirada de Diego. Incomprensiblemente, se le llenaron los ojos de lágrimas y parpadeó con fuerza para apartarlas de sus ojos.

Se preguntó qué diría él si supiera que nunca antes nadie le había regalado flores y pensó dónde iba a ponerlas ya que no tenía ningún jarrón.

Sintió que Diego estaba esperando que ella dijera algo y se forzó en hablar.

–Son preciosas. Gracias.

–De nada –contestó él, preguntándose por qué se sintió tan nervioso como un adolescente en su primera cita. Al observar cómo ella se humedeció los labios con la punta de la lengua, sintió cómo la espiral de deseo que lo había mantenido despierto durante la mayor parte de la noche se intensificó–. Pensé que tal vez las rosas te convencieran de que me invitaras a entrar para tomar una taza de café.

Rachel lo miró. Le impresionó la sensualidad que reflejaron sus ojos y dirigió entonces su mirada hacia el dorado ramo que tenía en las manos. Sintió cómo se le revolucionó el corazón. Se dijo a sí misma que sólo tenía que invitarlo a tomar un café. Pensó que parecería grosero no hacerlo al haberle regalado él aquel bonito ramo de rosas.

–Si quieres, puedes entrar para tomar un café. Pero no vivo en la granja. Vivo ahí arriba… –indicó.

Guiándose por la mirada de ella, Diego encendió el motor de nuevo y dirigió el vehículo hacia el pequeño camino que salía de la granja. Frunció el ceño cuando vio a donde habían llegado; a un pequeño claro en el cual había una destartalada caravana bajo un gran roble.

–Realmente no esperas que crea que vives en *eso*, ¿verdad?

–Y el café que tengo es barato e instantáneo –dijo Rachel dulcemente–. Bienvenido a mi casa.

Mientras un incrédulo Diego miró a través de la ventanilla del coche, ella salió de éste y abrió la puerta de la caravana. La recibió el calor que se había acumulado dentro. Pensó que probablemente él habría cambiado de idea acerca del café y trató de ignorar la decepción que la embargó. Buscó en el armario que había debajo de la pila para tratar de encontrar un recipiente adecuado en el cual colocar las rosas. Encontró un par de tarros de mermelada justo en el momento en el que Diego subía los peldaños que había hasta la puerta. Éste entró en la caravana y pareció dominar todo el espacio.

Miró a su alrededor y ella emitió un silencioso gemido cuando él posó sus ojos en la cama. Era una cama abatible y aquella mañana no la había subido. La había dejado en el suelo ya que le había dolido demasiado uno de los hombros.

–Es lo que un agente inmobiliario calificaría como una casa compacta –comentó Rachel alegremente–. Cuando la cama está en el armario, sorprendentemente hay mucho espacio… por lo menos para mí –añadió cuando miró a Diego y vio que su cabeza estaba rozando el techo.

–Esto no puede ser tu residencia habitual –comentó él, impresionado ante aquellas condiciones de vida–. Simplemente acampas aquí durante el verano, ¿no es así?

–No, vine a vivir aquí cuando tenía diecisiete años, tras la tercera boda de mi madre y el nacimiento de mis hermanastras gemelas.

Diego levantó las cejas.

–Tu vida familiar parece muy complicada.

–Créeme, lo es. Fui a vivir con mi padre durante un tiempo, pero su nueva esposa y él también acababan de tener un bebé y fue más fácil para todos cuando Peter Irving me ofreció la caravana –explicó ella. Controló perfectamente su voz para que ésta no reflejara lo mucho que le había molestado haberse sentido ajena a la nueva vida de sus padres. No se había sentido querida por éstos, salvo cuando le habían pedido que ejerciera de niñera para sus hermanastros.

Había pasado la mayor parte de su niñez entre la casa de su padre y la de su madre. Sospechaba quc la batalla legal que habían mantenido sus progenitores por su custodia había sido fundamentalmente causada para hacerse daño el uno al otro, no porque ninguno de los dos hubiera querido tenerla consigo.

Su niñez no había sido idílica en absoluto. Con doce años ya había sido muy independiente y había madrugado todas las mañanas para repartir periódicos para así poder pagarse las lecciones de equitación. Prefería los caballos a las personas y, tras presenciar varios matrimonios fracasados de sus padres, había decidido que no quería casarse ni depender de ningún otro ser humano.

–La caravana es sólida, aunque es cierto que si hay

mucho viento se mueve un poco –admitió mientras sirvió con una cuchara el café en las dos tazas más nuevas que pudo encontrar–. Pero tiene todo lo básico… incluido una ducha. Peter me instaló un generador para que pudiera tener electricidad. No me puedo permitir alquilar una casa –explicó cuando Diego le dirigió una mirada con la que reflejó que se estaba seriamente cuestionando su cordura–. El precio de la vivienda es muy alto por aquí y todo lo que gano me lo gasto en el mantenimiento de Piran y en las tasas de las competiciones.

Él se percató de que, aunque la caravana era vieja y pequeña, estaba inmaculadamente limpia.

Decidió que se bebería el café y que después se marcharía. Negó con la cabeza cuando Rachel le ofreció leche y azúcar e hizo una mueca de asco cuando dio un sorbo al café que ella le entregó.

Analizó la delicada figura de Rachel y se percató de su bonito trasero, tras lo cual sintió cierta tensión en la ingle. Estaba acostumbrado a salir con mujeres sofisticadas que jamás se pondrían otra cosa que no fuera un traje de firma. Pero había algo sano e increíblemente sexy acerca de la cara lavada y la sencilla ropa de Rachel. Se preguntó si ella fue consciente de que los rayos de sol que se colaron por la ventana provocaron que su camisa fuera casi transparente. Se le alteró la sangre en las venas al poder ver claramente el contorno de sus pechos.

–¿Vives aquí sola? –preguntó tras dar otro sorbo a su café.

Ella miró a su alrededor y levantó las cejas de manera expresiva.

–Apenas hay espacio para mí, así que no podría compartirlo con nadie más –murmuró.

–Así que… ¿no tienes novio?

–¡No! Ya te lo dije; me estoy entrenando muy duramente con la esperanza de que me seleccionen para el Equipo Ecuestre Británico. No tengo tiempo para novios –contestó Rachel, pensando que aún menos tenía el deseo de tener uno.

Pero aquello no significaba que ignorara completamente a los hombres. No podía apartar la mirada de Diego. Éste pareció un poco fuera de lugar allí de pie en su diminuta caravana. Al mirarla él, se le revolucionó el corazón.

Agobiada, sintió que repentinamente la atmósfera dentro de la caravana pareció cargada de electricidad. Fue muy consciente de que el fuerte y musculoso cuerpo de Diego estaba sólo a unos centímetros de ella. Aguantó la respiración cuando él se acercó y no pudo evitar mirar su sensual boca. Sintió como si se le hubiera parado el corazón cuando Diego le puso una mano por debajo de la barbilla y acercó mucho la cara a la suya.

–¿Qué... qué crees que estás haciendo? –exigió saber. Le consternó la debilidad que reflejó su voz ya que había querido mostrar que estaba en control de la situación.

–Creo que voy a besarte –contestó él–. De hecho, lo sé, querida... al igual que sé que tú también quieres que lo haga.

Rachel tenía el corazón completamente revolucionado.

–No quiero que lo hagas –dijo desesperadamente.

–Mentirosa –respondió Diego.

Se percató de que la piel de ella era casi transparente y su boca, rosa y húmeda, suponía una tentación que no pudo resistir durante más tiempo. La sensualidad, la química que había entre ambos estaba al rojo vivo... y era mutua. Tal vez Rachel tratara de negarlo, pero tenía la excitación y la invitación reflejada en los ojos. Vaciló durante un segundo ya que deseó disfrutar la anticipación, pero al acariciarle los labios con los suyos y sentir su tentativa respuesta, el hambre le recorrió las venas. Gimiendo, tomó su boca y la besó con una desenfrenada pasión.

A Rachel no se le pasó por la mente resistirse ante aquello y, aunque le hubiera quedado un último vestigio de cordura, su cuerpo tenía voluntad propia y le exigió una completa rendición. Los labios de Diego eran cálidos y firmes. Acariciaron los suyos con tal erotismo que ella simplemente se derritió ante el placer que sintió y abrió la boca. Pensó que se le iba a desbocar el corazón al sentir la lengua de él dentro de su boca…

Nada la había preparado para la tormenta de sensaciones que se apoderó de su cuerpo. Nunca antes había experimentado el verdadero deseo, no había sentido aquella necesidad desesperada de algo que ni siquiera comprendía, pero que la estaba alterando como un peligroso incendio.

No pudo pensar con claridad cuando Diego la abrazó estrechamente contra su pecho. La presión que la boca de él ejerció sobre la suya fue algo tan adictivo como una droga… y quiso más. Le puso las manos en el pecho y sintió el calor que desprendió el cuerpo de aquel atractivo argentino. Pero lo estaba tocando por encima de la camisa y se preguntó cómo sería sentir su piel desnuda…

Pero antes de que pudiera dejarse llevar por su acalorada fantasía, Diego se apartó de ella. Se sentó en el borde del colchón de su cama y la colocó sobre su regazo.

–Así está mejor, umm… –murmuró en su boca antes de volver a besarla.

Lo hizo con tanta pasión que Rachel sintió cómo un escalofrío le recorrió la espina dorsal. Estaba temblando y un cosquilleo se apoderó de todas sus terminaciones nerviosas. Cuando él le acarició delicadamente un pecho, se estremeció en anticipo de una caricia más íntima.

–¿Te gusta, querida? –preguntó Diego.

Pero ella no pudo contestar. Las sensaciones que él estaba despertando en su cuerpo eran nuevas y maravillosas. Se había sumergido en un mundo en el que lo único que importaba era que Diego continuara besándola y acariciándola. Oyó cómo él murmuró algo y apenas se percató de que le acarició la cintura con los dedos. A continuación notó que le agarraba el bajo de la camisa y se la quitaba por encima de la cabeza. Los numerosos moretones que había sufrido en la caída de Piran quedaron expuestos, moretones que contrastaban con su pálida piel.

–Tus magulladuras son peores de lo que me había imaginado –comentó Diego con dureza.

Aquel comentario arruinó la excitación que había sentido Rachel. El fuego que se había apoderado de sus venas se enfrió tan rápido como si él la hubiera metido bajo una ducha de agua helada. Incluso se sintió levemente enferma. Se preguntó en qué había estado pensando al permitir que un hombre al que casi apenas conocía la besara y acariciara.

Diego estaba mirándole el cuello con el horror reflejado en la mirada y ella se sintió avergonzada ante el hecho de que claramente a él le asqueaba su cuerpo. Se apresuró en ponerse de nuevo la camisa y sintió un gran dolor físico al hacerlo. Pero no quiso que él continuara mirándole los moretones.

–Me gustaría que te marcharas –dijo de manera tensa–. Ya te has divertido suficiente.

–¿Divertido? –repitió Diego, frunciendo el ceño.

Rachel fue consciente de que estaba siendo muy grosera, pero se sintió muy avergonzada al recordar la manera tan desinhibida con la que le había respondido. Se preguntó qué pensaría de ella. No había intentado evitar que la besara. En cuanto la había abrazado, ella se había derretido en sus brazos y le había devuelto el beso. Los suaves gemidos de placer que había emitido cuando la había acariciado debían haberle dado la impresión de que podía poseerla cuando quisiera.

Desde que había crecido y comprendido las relaciones adultas, había anunciado con orgullo que jamás actuaría como su madre. No iría de matrimonio en matrimonio, ni de relación en relación, sin importarle las consecuencias. Había afirmado que jamás le permitiría a un hombre tener ese tipo de control sobre ella. Pero aun así allí estaba, prácticamente haciendo el amor con un extraño simplemente porque era el hombre más guapo que había conocido.

–No sé qué esperabas... –espetó, pagando con Diego el enfado que sentía consigo misma–, pero yo no soy de la clase de mujer que se acuesta con un hombre cinco minutos después de conocerlo.

–Yo podría haber pensado otra cosa –dijo él, arrastrando las palabras. La calidez que habían reflejado sus ojos se había transformado en una fría arrogancia–. No estaba esperando nada –espetó, furioso consigo mismo por haber acudido a ella como un jovencito inmaduro.

Aquél no era su estilo. Siempre se comportaba de manera elegante con las mujeres y había pretendido detenerse tras haberle dado un breve beso a Rachel. Pero la apasionada respuesta de ésta lo había enloquecido, por lo que no estaba dispuesto a cargar con toda la culpa.

–¿Realmente esperas que crea que si no hubiera parado justo en ese momento lo habrías hecho tú? –preguntó, riéndose con incredulidad–. No te engañes, Rachel. Tú lo deseabas tanto como yo… todavía lo deseas –añadió, acariciando insolentemente la parte delantera de la camisa de ella. Se percató de cómo sus pezones se endurecieron.

Observó cómo Rachel se ruborizó y, realizando un movimiento impaciente, se levantó y se dirigió hacia la puerta de la caravana.

Pensó que sólo iba a estar allí durante unas pocas semanas y tenía un trabajo que realizar, trabajo que prometía ser interesante. Rachel jugaba un papel importante en Hardwick. Se había enterado por los muchachos que trabajaban en la finca de que a ella le tenían mucha consideración por su gran dedicación a los caballos y al club de polo, por lo que debía entablar una buena relación laboral con ella. La atracción que existía entre ambos suponía un serio inconveniente… pero si Rachel podía luchar contra ella, él también sería capaz.

–Esto ha sido un error –comentó Rachel con cierto temblor en la voz.

Diego se dio la vuelta y observó que ella se había abotonado la camisa hasta el cuello.

–No había esperado que me besaras y… y admito que me dejé llevar –continuó ella–. No puedo creer que haya sido tan tonta como para caer en la trampa de «¿puedo pasar para tomar un café?» –añadió, mirando las rosas. Se sintió enferma–. ¿Para eso eran las flores? ¿Para ablandarme y tener una rápida sesión de sexo?

–Desde luego que no –contestó él, indignado ante aquella acusación. Pensó que Rachel estaba hablando como si fuera una virgencita inocente y él un malnacido que había planeado seducirla. Pero nada de aquello era cierto–. Ha sido sólo un beso –aseguró con frialdad–. Te garantizo que no tenía ninguna intención de pedirte que te acostaras conmigo.

Tal vez para él había sido sólo un beso, pero para ella había sido la experiencia sensual más devastadora que jamás había experimentado.

–Por favor, vete –dijo, temblorosa–. Creo que sería mejor si ambos nos olvidáramos de este… este…

–¿Intervalo fascinante? –sugirió él con sarcasmo.

–¡Márchate! –espetó entonces Rachel, enfurecida. Apretó los puños con fuerza y le retó a decir una palabra más.

–Ya me voy –contestó Diego. Con aire despreocupado, bajó los pequeños escalones que había en la puerta de la caravana. Cuando llegó al suelo, se dio la vuelta y la miró–. Estoy de acuerdo en que debemos olvidar la química sexual que hay entre ambos –dijo con mucha seriedad–. Pero me pregunto si podremos.

Capítulo 3

LA OLA de calor, que había sido inusual para el mes de mayo, cesó. El lunes por la mañana, cuando Rachel se acercó andando a los establos, estaba lloviendo. Temió encontrarse de nuevo con Diego. Durante el fin de semana había llegado a la conclusión de que había reaccionado de manera exagerada y había comprendido que él no la había besado para persuadirla de que se acostaran juntos. Diego era un playboy extremadamente guapo y un héroe deportivo que frecuentemente salía fotografiado en los periódicos en compañía de preciosas modelos. No era muy probable que hubiera sentido una lujuria descontrolada hacia una desaliñada chica como ella.

Él no le había dado ninguna importancia al beso que habían compartido, mientras que ella había actuado como una virgen mojigata. Pero había sido porque jamás había mantenido relaciones sexuales.

No lo vio hasta por la tarde, cuando salió con algunos de los muchachos para ejercitar varios ponis. Diego llevaba puesto un largo chubasquero negro combinado con un gorro del mismo color. Montada en uno de los ponis, a Rachel le dio un vuelco el corazón al reconocerlo.

–¿Estás ya suficientemente recuperada de tu accidente como para montar? –le preguntó él, acercándose a ella. Sujetó la brida del poni.

–Estoy bien –contestó Rachel automáticamente, ignorando lo mucho que le dolían las costillas. Lo miró a la boca y se ruborizó al recordar el placer que había sentido cuando aquellos labios la habían besado. Vio cómo algo brilló en sus ojos y apartó la vista apresuradamente–. Será mejor que me marche y que lave bien a Charlie Boy. Está cubierto de barro.

–Ambos los estáis –comentó Diego con sequedad. No comprendió cómo pudo excitarle Rachel vestida con aquella enorme chaqueta y aquellos mugrientos pantalones de montar. Normalmente le gustaba que las mujeres tuvieran un aspecto femenino y seductor–. ¿Cómo tienes las magulladuras? –preguntó.

–Mucho mejor –respondió ella entre dientes.

–Podrías haberte tomado otro día libre –murmuró él–. Es obvio que todavía tienes el hombro entumecido.

–Está bien… y, además, no estoy acostumbrada a sentarme sin hacer nada. No soy la paciente más paciente del mundo –admitió Rachel.

–No, creo que no lo eres –contestó Diego–. Cuando te ocupes de tu poni, te llevaré a casa en coche. Tengo que ir al pueblo y la granja está de camino.

–Oh, no, está bien… todavía no voy a irme a casa.

–Hoy ya no hay nada más que hacer por aquí –dijo él, frunciendo el ceño.

–Quiero llevar a Piran a realizar saltos –admitió Rachel a regañadientes.

–Eso no es una buena idea. Es el primer día que has trabajado tras la caída y debes estar cansada –comentó Diego. La había observado en varias ocasiones durante el día sin que ella lo hubiera notado. Le había impresionado lo duro que trabajaba y lo mucho que se esforzaba.

Si Rachel era sincera, debía admitir que estaba destrozada y con todo el cuerpo dolorido. Pero su terquedad innata provocó que se revelara ante el autoritario tono de voz de Diego.

–Los campeones olímpicos no llegan a lo alto de sus carreras si abandonan el entrenamiento cada vez que están cansados –dijo–. Tanto Piran como yo necesitamos ejercitarnos todo lo que podamos antes de nuestra próxima competición.

–¡Santa madre! Eres la persona más cabezona y testaruda… –espetó Diego. Pero hizo una pausa para tratar de controlar su enfado–. Comprendo que desees tener éxito como jinete, pero es una estupidez correr riesgos innecesarios.

–Los saltos son un deporte peligroso… como lo es el polo –comentó Rachel–. ¿Cómo puedes advertirme acerca de correr riesgos cuando toda tu carrera ha sido construida sobre el hecho de que, cuando juegas, arriesgas constantemente tu seguridad? He visto por televisión cómo montas, lo haces de manera alocada, casi como si quisieras matarte… –añadió. Pero se le apagó la voz cuando la dureza que reflejó la mirada de Diego le advirtió que había llegado demasiado lejos.

–No digas tonterías –espetó él con la frialdad reflejada en la voz–. He estado en lo alto de mi carrera durante los anteriores diez años y sé lo que hago.

–Está bien –respondió ella, encogiéndose de hombros–. Acordemos que yo no te aconsejaré acerca de tu carrera y tú no me dirás cómo debo hacer mi trabajo.

Diego miró la boca de Rachel y sintió ganas de besarla de nuevo. Pensó que ella era tan testaruda y temeraria como lo había sido él a los veintidós años. Rachel pensaba que era infalible y quiso advertirle que no lo era… que nadie lo era.

Él había sido muy obstinado e impetuoso y había sido precisamente aquello lo que había provocado el fallecimiento de su hermano. Cerró los ojos para tratar de contener el dolor que se había apoderado de él al recordar el cuerpo sin vida de Eduardo. Incluso después de tanto tiempo los recuerdos estaban muy vivos en su memoria y el dolor era muy intenso. La angustia de su corazón no se había disipado, como tampoco lo había hecho la creencia de que no tenía derecho a ser feliz ya que, sin ser consciente de ello, había causado la muerte de su hermano.

Había pasado los anteriores diez años llevando las situaciones al límite ya que no le había importado vivir o morir. Pensó que era curioso que ello le hubiera llevado a ser campeón de polo, un héroe deportivo en Argentina y en todo el mundo.

El Torneo de Polo Hardwick era siempre un evento muy popular, pero aquel año se habían vendido más entradas de lo habitual debido a la participación de Diego Ortega. Durante las anteriores dos semanas, Rachel había llegado a los establos al amanecer y había trabajado hasta el anochecer. Había ayudado a preparar la finca para la afluencia de veinte mil visitantes. Pero de alguna manera logró no dejar aparcados los entrenamientos con Piran. El primer día que lo había montado había sentido cierta aprensión y la presencia de Diego en el prado sólo había conseguido ponerla más nerviosa. Pero Piran había saltado las vallas sin problemas, hecho que le había alegrado mucho.

Aunque no estaba tan contenta de que Diego se hubiera impuesto a sí mismo la tarea de ser su guardaespaldas. Cada tarde, cuando llevaba a Piran al prado para practicar, allí estaba él. Su presencia la intranquilizaba. Diego la ponía nerviosa.

La mañana del día en el que iba a celebrarse el torneo de polo, él se dirigió al prado vestido con los colores del equipo de Hardwick… camisa dorada, pantalones marrones y botas negras. Estaba increíblemente guapo. Al verlo, a Rachel se le aceleró el corazón y se ruborizó cuando él la miró. La leve sonrisa que esbozó Diego le dejó claro que éste era consciente de que había estado observándolo.

Tuvo que admitir que se sentía muy atraída por él y cada vez le costaba más ocultar su atracción cuando Diego estaba delante. Habían trabajado juntos cada día y no sólo se sentía atraída hacia él como hombre, sino que también lo admiraba profundamente como profesional. Le había impresionado la paciencia y la destreza que demostraba, así como la gran afinidad que tenía con los caballos. Era consciente de que podría aprender mucho de él y deseó poder preguntarle cosas con normalidad. Pero cada vez que Diego le hablaba, se quedaba como muda y temió que él sospechara que estaba deseando que la besara de nuevo.

Diego había estado charlando con los otros miembros del equipo, pero se alejó de ellos y se acercó a los establos para buscar al primero de los cuatro caballos que iba a montar.

–¿Te va a acompañar alguien a la fiesta que se celebrará después del torneo, Rachel? –le preguntó al montarse en el caballo.

–Alex me pidió que fuera con él –contestó ella.

Alex era un trabajador de la finca y uno de sus mejores amigos.

–¡Qué pena! Había esperado poder convencerte de que fueras mi pareja esta noche –comentó Diego, esbozando una insípida sonrisa. Pero algo se reflejó en sus ojos, algo demasiado parecido a un intenso deseo, algo que desapareció rápidamente.

Rachel se sintió muy decepcionada al haber perdido la oportunidad de ir con él.

Al finalizar el torneo, Felicity Hardwick le entregó a Diego el trofeo del vencedor y se ruborizó al darle un beso de enhorabuena. Entonces él tuvo que posar para las fotografías con las bellas modelos publicitarias. Rachel observó la escena y, al mirarse a sí misma y ver la mugrienta ropa que llevaba, se preguntó cómo había pensado que Diego podía haber estado interesado en ella. Él iba a dirigirse a Hardwick Hall para asistir a una recepción, mientras que a ella todavía le quedaba mucho trabajo que hacer en los establos. Sintiendo una opresión en el corazón, tuvo que reconocer que pertenecían a mundos distintos y pensó que por su propio bien debía dejar de estar tan encaprichada de él.

Cuando regresó a la caravana ya había anochecido. No sintió mucho entusiasmo por asistir a la fiesta que el conde Hardwick ofrecía todos los años al personal y a los miembros del club de polo. Pero le había prometido a Alex que asistiría, por lo que se quitó su sucia ropa y se metió en la ducha.

–Estás estupenda –le dijo Alex cuando llegó a buscarla–. Deberías arreglarte más a menudo, Rachel. No puedo recordar la última vez que te vi vestida con otra cosa que no fueran pantalones de montar.

–No puedo pasearme por los establos con falda y tacones –señaló ella. Se sintió ridículamente femenina vestida con una falda con estampado de flores y una camisa de seda. Se había arreglado el pelo en un bonito moño en lo alto de la cabeza, moño del cual ya se habían soltado varios mechones. Incluso se había maquillado.

Cuando llegaron a la fiesta, ésta estaba ya en plena ebullición. De inmediato, Rachel buscó a Diego con la mirada. Era el más alto de los allí reunidos. Iba vestido con unos pantalones negros combinados con una camisa de seda del mismo color. Era exótico y diferente.

Cuando miró a su alrededor, se percató de que ella no era la única mujer que lo observaba. Felicity Hardwick y un grupo de sus aristocráticas amigas estaban comiéndoselo con los ojos. Al ver la preciosa ropa que llevaban éstas, sintió que ella no iba vestida con la elegancia apropiada para la ocasión. Había comprado la barata falda que se había puesto en un mercadillo. Se sintió muy cansada y repentinamente la noche le pareció muy aburrida. Comenzó a dirigirse hacia Alex, el cual estaba en la barra, para informarle de que iba a marchase a casa, cuando Diego se acercó a ella.

–¿Crees que a tu amigo pelirrojo le importará si te pido que bailes conmigo? –le preguntó, en voz baja. La diversión se reflejó en sus ojos al observar cómo Rachel se ruborizó.

–Alex y yo sólo somos amigos. Bailaré con quien quiera –contestó ella entrecortadamente. Se le revolucionó el corazón al tomarle Diego la mano y abrazarla por la cintura con su otro brazo.

–Entonces baila conmigo, querida –la invitó él, esbozando una seductora sonrisa–. Valoras mucho tu independencia, ¿no es así? –comentó, tratando de centrarse en la conversación en vez de en el fuego que le recorrió las venas al acercar el delicado cuerpo de Rachel al suyo.

–Más que nada –respondió ella con seriedad–. La lección más importante que aprendí de la ajetreada vida amorosa de mi madre es que no quiero estar contemplando a ningún hombre.

–Quizá todavía no hayas encontrado un hombre que te excite tanto como para querer estar contemplándolo constantemente, ¿no crees? –dijo Diego.

–Eso no es probable que ocurra –contestó Rachel, preguntándose qué diría él si ella admitía que la excitaba profundamente.

Desde que la había besado en su caravana, ambos parecían haber estado tratando de ignorar la química que había entre los dos. Pero la mirada de Diego aquella noche le dejó claro que éste ya se había cansado de esperar.

–¿Qué opinas del matrimonio y los hijos? –quiso saber él, curioso–. ¿No quieres tener un marido? –añadió, pensando que Rachel estaba extremadamente sexy vestida con su sencilla ropa.

–Creo que los niños se merecen tener a ambos padres, padres que estén comprometidos entre sí y, como no quiero casarme, supongo que no tendré hijos. Quizá opine distinto en el futuro, pero ahora mismo no siento la necesidad de ser madre. Prefiero concentrarme en mi carrera como jinete.

–Así que eres un espíritu libre y puedes hacer lo que te apetezca –comentó Diego.

–Efectivamente –concedió ella, emitiendo un pequeño gritito al sentir cómo él bajó la mano hasta su rabadilla.

A continuación se dejaron llevar por la música y estuvieron bailando durante largo rato. Rachel sólo fue consciente de la presencia de Diego, de su fragancia masculina y de la fortaleza de su cuerpo. Deseó no dejar de bailar. Se sintió muy decepcionada cuando el grupo dejó de tocar y anunció que iba a hacer una pausa mientras se lanzaban los fuegos artificiales. En vez de soltarla, Diego continuó abrazándola por la cintura mientras la guiaba hacia el jardín para observar el espectáculo.

Allí de pie, ambos observaron los bonitos colores de los fuegos artificiales. Rachel sintió cómo un escalofrío le recorrió por dentro al acariciarle él el cuello con los labios.

Al terminar el espectáculo pirotécnico, los invitados aplaudieron entusiasmados y regresaron a la fiesta. Entre Diego y Rachel se creó un intenso silencio.

–No está funcionando, ¿verdad? –comentó finalmente él.

Sin comprender a lo que se refería Diego, ella se dio la vuelta.

–¿El qué no está funcionando?

–El que tratemos de ignorar el hambre que nos está devorando a ambos –respondió él dulcemente.

–Pero durante las anteriores dos semanas no me has dado ninguna indicación de que quisieras... –al darse cuenta de lo que iba a decir, Rachel dejó de hablar y se ruborizó.

–Me prometí a mí mismo que me comportaría de manera profesional en el trabajo –contestó Diego–. Pero eso no significa que no haya fantaseado secretamente con hacerte el amor sobre el heno hasta que ambos estuviéramos físicamente exhaustos.

–Oh...

–Sí, oh, Rachel. La pregunta es, querida, si no podemos ignorarlo... ¿qué vamos a hacer?

–No lo sé –dijo ella, aunque en realidad sí que lo sabía. Diego había despertado su curiosidad sexual y quería explorar las sensaciones que él despertaba en su cuerpo... al igual que quería explorar todo el cuerpo de aquel hombre y acariciar su dorada piel.

Pensó que no había motivo por el que no debiera acostarse con él. Era una mujer soltera.

–¿Estás saliendo con alguien en este momento? –le preguntó.

–No –contestó Diego, frunciendo el ceño–. Ni tengo ningún deseo de hacerlo –añadió con firmeza para dejar claro que no quería una relación sólida y permanente. Era cierto que deseaba a Rachel, y mucho, pero, al igual que con sus numerosas ex amantes, la relación debía ser bajo sus términos–. La fiesta ya casi ha terminado –comentó, mirando la hora en su Rolex–. ¿Quieres venir conmigo… a tomar café? Un café argentino.

Rachel no pudo creer que él le estuviera pidiendo que lo acompañara… ambos sabían que la invitación no era sólo para tomar un café. Con el maravilloso aspecto que tenía Diego, con lo guapo y sexy que era, podría elegir a la mujer que quisiera. Pero el abierto deseo que se reflejó en sus ojos la excitó tanto que se negó a escuchar ninguna advertencia que pudiera hacerle su conciencia. En aquel momento él la deseaba y, con sólo saberlo, le tembló todo el cuerpo.

–Está bien –contestó, temblorosa. Pero entonces recordó que él se hospedaba en Hardwick Hall–. No puedo ir a Hardwick Hall sin que me invite el conde –murmuró.

–Ya no estoy en casa de la familia Hardwick –explicó Diego, acariciándole los brazos. Se deleitó al sentir su delicada piel. Recordó que cada noche desde que había llegado a Gloucestershire se había tumbado en la cama y había fantaseado con volver a besarla. Pero la espera ya había terminado. Bajó la cabeza y le acarició los labios con los suyos. Sintió cómo ella tembló y la abrazó, consciente de que en aquel momento no podía besarla como deseaba–. Me gusta tener mi propio espacio y he alquilado una casa en la finca. Está situada en una zona muy aislada de la arboleda –añadió, acariciando de nuevo los labios de ella con los suyos–. Te garantizo que no nos molestarán en toda la noche.

Emocionada, Rachel se percató de que si se marchaba pronto por la mañana, nadie sabría que había estado allí. No deseó ser el objeto de las habladurías del personal de la finca.

–Bueno, entonces… –murmuró. Se quedó sin aliento al ver el brillo que reflejaron los ojos de Diego.

Él esbozó una sonrisa que provocó que a ella se le acelerara el pulso. Pero en vez de besarla de nuevo, tal y como había esperado Rachel, la tomó de la mano y la sacó de la fiesta…

Capítulo 4

LA CASA del antiguo guardabosques que Diego había alquilado era pequeña y tenía unos muebles muy simples. Pero Rachel apenas se percató de la decoración ya que en cuanto entraron, él la abrazó. Le costó creer que estaba allí con Diego Ortega, el internacionalmente famoso jugador de polo que se había apoderado de sus impactantes fantasías eróticas.

Sintió que siempre había estado esperándolo, pero aquello era muy peligroso ya que era consciente de que él no formaría parte de su vida durante mucho tiempo. Sabía perfectamente que todo lo que quería Diego con ella era practicar sexo… quizá incluso sólo deseara que estuvieran juntos durante una noche. Pero en vez de sentirse decepcionada, se sintió aliviada. No estaba preparada para mantener una relación amorosa ya que valoraba demasiado su independencia… aunque ello no significaba que tuviera que vivir como una monja.

Le costó pensar con claridad ya que él le estaba acariciando la espalda.

–¿Te gustaría tomar un café u otra cosa? –le preguntó entonces Diego, apartándose de ella. Se dirigió a la diminuta cocina de la casa–. Hay champán… o champán… –comentó, esbozando una sensual sonrisa.

Con el corazón revolucionado, Rachel miró dentro del frigorífico y comprobó que él no estaba bromeando.

Allí sólo había dos botellas de champán y un bote de caviar.

Él descorchó una de las botellas con gran facilidad y sirvió dos copas. Entonces le ofreció una a ella. Rachel ya se sentía aturdida y, cuando dio un sorbo al champán, éste pareció ser un elixir que terminó con todas sus dudas. Deseó que Diego la besara. Él debió leerle la mente, ya que dejó sobre una mesa su copa con gran determinación.

–Ven aquí…

Mientras se acercó a él, ella se sintió consternada ante la facilidad con la que Diego podía controlarla. Pero cuando él la abrazó por la cintura y la atrajo hacia sí, ya no pudo pensar en nada más que en la dureza de sus muslos y en el atrayente calor que desprendió su cuerpo.

Diego le quitó las horquillas que sujetaban su moño y acarició su sedoso pelo antes de reclamar su boca con un beso apasionado.

–Eres tan pequeña –murmuró cuando finalmente apartó los labios de los de ella–. Y tan encantadora –añadió. Sintió cómo le dio un vuelco el estómago al mirar la preciosa cara de ella. No recordó haber sentido jamás aquella necesidad abrumante por una mujer, aquel deseo que iba a volverlo loco–. Estaremos más cómodos si nos tumbamos, querida.

Rachel pensó que tumbarse significaba ir a la cama. Se sintió muy nerviosa y excitada al percatarse de la importancia de lo que estaba a punto de hacer. Pero él no le dio tiempo de pensarlo dos veces. La tomó en brazos y a ella no le quedó otra opción que aferrarse a su cuello mientras la llevó a su dormitorio, el cual estaba en la planta de arriba de la casa.

–Ves, aquí estamos mucho más cómodos –dijo Diego al tumbarla en la cama. Se echó junto a ella de inmediato.

Cuando Rachel vio el hambre que reflejaron los ojos de él antes de besarla de nuevo, se le borró de la mente cualquier pensamiento… salvo el hecho de que estaba tumbada en una cama con el hombre al que había idolatrado secretamente incluso antes de haberlo conocido.

Con la lengua, Diego la incitó a que separara los labios hasta que, emitiendo un gemido, ella los separó y él se introdujo dentro de su boca en una sensual exploración. Aquella experiencia resultó ser increíble y Rachel le respondió sin poder contenerse. Le acarició el pelo mientras Diego le besó el cuello para, a continuación, bajar hacia sus pechos. Ella contuvo la respiración y esperó a que él le bajara los tirantes de la camisa por los hombros. Pero lo que hizo Diego fue chuparle un pezón por encima de la sedosa tela de la camisa hasta que ella retorció las caderas al sentir cómo un intenso calor se apoderó de su entrepierna.

En aquel momento, él comenzó a chuparle el pezón de su otro pecho. La sensación de aquella lengua acariciándola por encima de la ya húmeda tela de su camisa, alborotó sus sentidos y aumentó su necesidad hasta un nivel casi insoportable. Pero cuando finalmente Diego le bajó los tirantes de la camisa por los hombros, Rachel no pudo evitar ponerse tensa. Ningún hombre la había visto desnuda hasta aquel momento y, repentinamente, se sintió insegura y vergonzosa. Él había salido con algunas de las mujeres más bellas del mundo, supermodelos con increíbles figuras. Pero ella estaba flaca y sus pechos eran muy pequeños. Cuando sintió cómo le bajó la camisa hasta la cintura, cerró los ojos para evitar ver la decepción que estuvo segura reflejaría la mirada de él.

–Perfecto… –dijo Diego–. Eres exquisita, querida.

Impresionada, Rachel abrió los ojos y tragó saliva.

–No tienes que mentir –aseguró entre dientes. Se ruborizó al cubrir Diego con una mano uno de sus pechos–. Odio estar flaca y no tener formas.

–Claro que tienes formas –afirmó él mientras le acarició la suave piel de su rosado pecho. Observó fascinado cómo su pezón se endureció hasta el punto de parecer estar suplicándole que se lo introdujera en la boca–. Eres tan delicada y frágil como una figura de porcelana. Tienes los huesos tan finos que me da miedo que te rompas debajo de mí.

–No me romperé. Soy más fuerte de lo que parezco –aseguró ella, acariciándole a Diego el torso por encima de la camisa. Titubeó en los botones al tratar de ocultar el hecho de que le estaban temblando los dedos. Pero logró desabotonárselos y apartó para atrás la sedosa tela negra de la camisa. Entonces acarició el desnudo pecho de aquel atractivo hombre. Le encantó sentir la suavidad de su piel cubierta por un bonito vello oscuro. Nunca antes había tocado a un hombre y disfrutó al explorar sus músculos abdominales y sus endurecidos pezones.

–Sabía que serías una brujilla –comentó él–. Me has echado un hechizo. Pero ahora es mi turno de atormentarte a ti, mi belleza.

Rachel contuvo el aliento al observar cómo él acercó la cabeza a uno de sus desnudos pechos. Sintió cómo lo rodeó en círculos con la lengua antes de tomar con su boca el endurecido pezón. Perdida en el mundo de pasión que Diego estaba creando, levantó las caderas para que él pudiera quitarle la falda. Se estremeció cuando Diego introdujo la mano entre sus piernas y le acarició la delicada piel de la parte interna de los muslos. Pudo sentir la pegajosa humedad que se apoderó de su sexo y se sintió avergonzada ante la inconfundible evidencia de que estaba desesperadamente excitada... sobre todo al introducirle él los dedos por la cinturilla de sus diminutas braguitas de encaje y comenzar a bajárselas...

–Encantador –dijo Diego al acariciar los rizos dorados que acababa de exponer. Entonces le quitó las braguitas y le separó las piernas–. Estás tan preparada para mí –añadió con satisfacción.

Rachel levantó las caderas cuando él la penetró con un dedo al mismo tiempo que con el dedo pulgar le acarició el clítoris hasta que ella sollozó su nombre.

–Por favor...

Todo aquello era nuevo e increíble. Deseó más, necesitó que él apagara el fuego que se había apoderado de su pelvis.

–Pronto, querida –prometió Diego, levantándose de la cama para quitarse la camisa–. Me temo que ésta no va a ser una seducción lenta. Te deseo ahora y no puedo esperar... Pero tú compartes mi impaciencia, ¿no es así, mi Rachel?

Ella apenas pudo pensar con claridad, pero se sintió especial.

Él tiró su camisa al suelo y se quitó los pantalones. Sus calzoncillos no ocultaron su potente erección. A Rachel se le quedó la boca seca cuando se los quitó y los tiró junto a su camisa. Era la primera vez en su vida que tenía delante a un desnudo y orgulloso hombre excitado.

Lo primero que pensó fue que él no iba a poder penetrarla... que el sexo entre ambos sería imposible físicamente. Hasta aquel momento se había sentido movida por la curiosidad; cada caricia había aumentado su excitación. Pero al mirar su excitado sexo, se echó para atrás en el colchón al acercarse él a su lado. Cuando la besó, ella se forzó en ignorar su aprensión y le devolvió el beso. Acarició su musculoso pecho y sintió su fortaleza.

–Tiene que ser ahora, querida –dijo él entre dientes, pensando que no se había sentido tan excitado desde hacía años. Estaba tan desesperado por ella que sintió como si fuera a explotar.

Entonces se colocó sobre Rachel… y maldijo.

Ella no comprendió qué había ocurrido y se preguntó si había hecho algo mal. Se planteó si él habría adivinado que aquélla era su primera vez.

–Lo siento, Rachel. No tengo protección –explicó Diego con la frustración reflejada en la voz.

–No pasa nada. Estoy tomando la píldora –murmuró ella.

Su ginecóloga le había recomendado que se la tomara para regular sus periodos, pero Rachel sabía que también era uno de los métodos anticonceptivos más fiables.

Diego se sintió muy aliviado al darse cuenta de que no había motivo para que no siguieran adelante. Deseaba a Rachel con fervor. La tomó por el trasero y la levantó para poder poseerla. Introdujo su pene despacio en el húmedo sexo de ella. Se estremeció al sentir cómo los músculos de Rachel lo rodearon. Mientras la penetró no dejó de mirarla a los ojos y le impresionó la expresión que reflejó su mirada. Fue una expresión de asombro y sorpresa, como si todo aquello fuera nuevo para ella. Se percató de que era muy estrecha por dentro… Frunció el ceño al penetrarla aún más profundamente y oyó cómo ella gritó.

–¿Rachel…?

–Hacía mucho que no mantenía relaciones –comentó ella.

Diego la miró a la cara y vio que se había ruborizado.

–Entonces nos lo tomaremos con calma –la tranquilizó. Pero al comenzar a moverse, estableció un sensual ritmo acorde con los acelerados latidos de su corazón.

Rachel era la amante más receptiva que jamás había conocido y supo que no iba a ser capaz de contenerse durante mucho más tiempo.

Ella pensó que la pequeña molestia que había sentido al penetrarla Diego al principio había sido menos de lo que había esperado. Aquello estaba bien… mejor que bien. Lo abrazó por la cadera con las piernas, y pensó que era increíble. Contuvo la respiración al sentir cómo él casi salió de ella para a continuación volver a introducirse profundamente en su ser con más fuerza.

No podía pensar, sólo sentir. Cada célula de su cuerpo estaba alterada por las intensas sensaciones que Diego estaba despertando en ella. No había esperado que hacer el amor fuera algo tan bonito, no había supuesto que iba a sentir que no sólo su cuerpo, sino también su mente, estaban unidos a él. Por alguna razón inexplicable, se le llenaron los ojos de lágrimas. Parpadeó para apartarlas y apoyó la cara en la garganta de Diego.

Deseó que él nunca se detuviera, pero sabía que aquello debía tener un fin; Diego no podía mantener aquel ritmo frenético para siempre. El cosquilleo que había comenzado a sentir en su pelvis se hizo más intenso. Y entonces, repentinamente, se sintió al borde de lo desconocido y casi temió lo que iba a ocurrir a continuación. Diego aceleró el ritmo y ella sintió cómo su cuerpo explotó en una ola de éxtasis. Unos intensos espasmos de placer se apoderaron de ella. Fue algo tan intenso que gritó y tuvo que aferrarse a los sudorosos hombros de él.

Gimiendo, Diego se dejó caer sobre ella. Se estremeció al alcanzar su propio espectacular clímax.

Durante unos segundos permanecieron unidos y Rachel se deleitó al sentir el peso y la calidez del cuerpo de él sobre ella. Pensó que podría quedarse de aquella manera para siempre. En los brazos de aquel poderoso hombre se sentía segura y protegida. Pero cuando él finalmente se apartó y se tumbó a su lado, fue consciente de que aquella sensación también era peligrosa. Durante unos segundos se sintió desolada y deseó acurrucarse en Diego. Pero su instinto le advirtió que a él le horrorizaría si se aferraba a su cuerpo.

Pero lo que sí que hizo fue bajar un poco los párpados para que Diego no viera que lo estaba mirando y así poder grabar en su memoria cada detalle de su cara.

Él se giró hacia ella y la miró. Rachel tenía los labios levemente separados, enrojecidos e hinchados debido a la exigente presión de su boca. Con su pelo dorado esparcido por la almohada, pareció muy joven y ridículamente inocente. Sintió cómo la curiosidad se apoderó de él. Había sabido que el sexo con ella sería bueno y, en realidad, había excedido todas sus expectativas. Pero no había esperado que la experiencia fuera tan... increíble.

–No habías hecho esto muchas veces, ¿verdad? –le preguntó.

Rachel levantó completamente los parpados y lo miró con cautela.

–¿A qué te refieres? –quiso saber, preguntándose a sí misma si él se habría dado cuenta de que había sido su primera vez.

–A que pienso que no has tenido muchos amantes –respondió Diego con delicadeza.

Ella mantuvo silencio durante tanto tiempo que él pensó que no iba a responder.

–No he estado con muchos, no –dijo finalmente, ruborizándose–. Siento si te he decepcionado.

–Has estado increíble, querida –le aseguró Diego–.

¿Te parece esto que me has decepcionado? –añadió, tomándole la mano. A continuación colocó ésta sobre su sexo, que estaba poniéndose erecto de nuevo.

Rachel se quedó sin respiración al sentir cómo el pene de él se hinchó bajo su mano hasta ser de nuevo una dura asta de músculos.

–¿Quieres hacerlo de nuevo? –preguntó con voz temblorosa.

Diego pensó que ella sabía el efecto que iba a tener aquella pregunta en él e introdujo la mano entre sus piernas hasta llegar al húmedo centro de su feminidad.

–¿Tú qué crees? –contestó, colocándose sobre ella. La penetró con un certero movimiento...

Rachel estaba acostumbrada a levantarse pronto y, cuando abrió los ojos, la habitación estaba teñida de la grisácea luz que precedía al amanecer. Se estiró y, al hacerlo, se estremeció ya que sintió los efectos que la noche anterior había tenido en su inexperto cuerpo. Diego estaba todavía dormido. Pudo oír su rítmica respiración y se dio la vuelta para mirarlo. Absorbió la masculina belleza de sus esculpidas facciones con una sensación de desesperación; pensó que probablemente nunca más estarían ambos juntos en una cama como en aquel momento.

No sabía cómo comportarse tras haber pasado la noche con un hombre y sintió la necesidad de estar sola para aceptar el hecho de que le había entregado su virginidad a alguien que era prácticamente un extraño. En realidad sabía muy poco sobre él, aparte del hecho de que poseía un rancho a las afueras de Buenos Aires.

Se levantó de la cama con mucho cuidado de no despertar a Diego. El aire matutino era frío y se estremeció mientras se puso la falda y la camisa. Normalmente a aquella hora ya estaba vestida con pantalones de montar y una sudadera. Deseó que ninguno de los muchachos la viera.

–¿Qué estás haciendo, querida? ¿Sabes qué hora es?

Al oír la seductora voz de Diego, ella sintió cómo un escalofrío le recorrió la espina dorsal.

Él se apoyó en un hombro y analizó indolentemente a Rachel con la mirada. Pensó que habían pasado una noche increíble. Había sabido instintivamente que las relaciones sexuales entre ambos serían maravillosas y no se había equivocado.

–¿Por qué te has levantado tan pronto? –quiso saber.

–Soy una trabajadora del establo… uno de los requisitos de mi trabajo es que me levante pronto.

Diego frunció el ceño al percatarse del leve tono defensivo que reflejó la voz de ella.

–No en domingo –comentó, dando unos golpecitos sobre el colchón–. Vuelve a la cama.

–Hay que pasear y dar de comer a los caballos, incluso en domingo –contestó Rachel, ignorando el hecho de que aquél era el domingo que tenía libre. Luchó contra las ganas que tuvo de hacer lo que le había dicho Diego y volver a la cama con él.

El seductor brillo de los ojos de aquel atractivo hombre le dejó claro que no la estaba invitando a la cama para dormir. Su cuerpo anheló sentir la magia que Diego despertaba en él.

–Tengo que marcharme –insistió, forzándose en dirigirse hacia la puerta.

–Son las cinco de la madrugada –respondió Diego, incapaz de ocultar la frustración que le causó descubrir que ella iba a marcharse realmente.

Pensó que normalmente las mujeres no se marchaban de su lado tras haber pasado una noche en su cama. Aquélla era la primera ocasión en la que le ocurría, así como también por primera vez se planteó si no había dejado satisfecha a una mujer. Aunque al recordar cómo Rachel se había retorcido de placer bajo su cuerpo, apartó aquel pensamiento de su cabeza ya que de ninguna manera podía ella haber fingido. Le había hecho disfrutar de un orgasmo tras otro y, los gemidos y gritos que Rachel había emitido mientras había movido la cabeza de un lado a otro sobre la almohada, habían sido prueba más que suficiente de que la había satisfecho.

–Si espero un poco más, tal vez alguien me vea salir de tu casa –dijo ella entre dientes.

–¿Quién?

–Alguien que trabaje en la finca... algún muchacho, ¡mis compañeros de trabajo! –espetó Rachel–. No quiero que nadie sepa que he pasado la noche aquí.

Diego agitó la cabeza, desconcertado ante el cambio de humor de Rachel. Ésta había pasado de ser una ardiente gatita sexual la noche anterior a alguien que aquella mañana estaba de muy mal humor.

–¿Por qué no?

–Porque comenzarán las habladurías y todos sabrán que hemos pasado una noche juntos –respondió ella impacientemente–. Prefiero que mi vida privada no sea comentada por todo el mundo y creo que tú piensas de la misma manera.

–A mí no me importa lo que piensen los demás –dictaminó Diego con mucha arrogancia–. ¿Y qué te hace pensar que sólo vamos a pasar una noche juntos? La química entre nosotros ha sido maravillosa y quiero tenerte en mi cama cada noche.

Rachel pensó que la quería en su cama cada noche durante su estancia en Hardwick. No pudo controlar la excitación que sintió ante la idea de que él deseara tener una aventura con ella, pero era vital que recordara que su relación era sólo temporal.

–No me opongo a estar contigo de nuevo –dijo con cuidado–. Pero no quiero que nadie sepa lo nuestro. No dentro de mucho tiempo tú regresarás a Argentina, pero yo seguiré trabajando aquí tras tu marcha y odio la idea de ser el objeto de los cotilleos de la gente.

–Así que no te opones a estar conmigo de nuevo, ¿no es así? –repitió él, levantando las cejas en una expresión de claro desdén–. ¡Qué generoso de tu parte, querida! –espetó, indignado ante la idea de que ella pensaba que podía establecer las reglas de su relación–. ¿Pero exactamente cómo vamos a vernos en secreto? ¿Pretendes que nos veamos cuando oscurezca como los criminales? Si te avergüenzas de estar conmigo, no le veo mucho sentido a continuar con esto.

A Rachel le dio un vuelco el estómago ante la manera tan tajante en la que había hablado Diego, pero al mismo tiempo sintió cómo la furia se apoderó de ella.

–No me avergüenzo de estar contigo, pero creo que deberías tratar de verlo desde mi punto de vista –dijo entre dientes–. No quiero que se me conozca para siempre en esta zona como la mujer que una vez tuvo un breve romance con el famoso playboy Diego Ortega. Tengo un poco de orgullo.

–Entonces te sugiero que tomes tu orgullo y que te marches –gruñó él, enfurecido. Pensó que todas las mujeres con las que había estado anteriormente habían deseado que su relación con él se conociera públicamente... había sido él quien había odiado toda aquella publicidad. Pero en vez de sentirse aliviado ante el hecho de que Rachel quisiera mantener su relación en secreto, se sintió profundamente insultado.

La miró en espera de que ella se echara para atrás,

pero Rachel esbozó una dura mueca y lo miró fijamente a los ojos.

–Está bien –dijo ella resueltamente mientras abrió la puerta–. Bueno, ha sido un placer conocerte… –añadió, dejando de hablar al ruborizarse.

–Lo mismo digo –respondió Diego irónicamente. No pudo creer que ella fuera a marcharse de verdad–. Cuando esta noche des vueltas en tu solitaria cama, recuerda que le puedes dar las gracias a tu orgullo por la frustración sexual que no te dejará dormir.

Rachel pensó que la arrogancia de aquel hombre era increíble. Al salir del dormitorio se desahogó dando un portado tras de sí y le enfureció oír la burlona risa de Diego.

Capítulo 5

EN EL camino de regreso hacia su caravana, Rachel no se encontró con nadie. Pero una vez que llegó, se sintió demasiado alterada como para relajarse. Estaba muy enfadada con Diego y tuvo la impresión de que de nuevo había manejado las cosas erróneamente. En vez de querer pasar sólo una noche con ella, él le había dejado claro que deseaba que mantuvieran una aventura, por lo menos durante su estancia en Hardwick… y ella había rechazado su invitación.

Agradeció cuando uno de los muchachos la telefoneó. Éste le explicó que tenía mucha resaca debido a lo que había bebido en la fiesta la noche anterior y le suplicó que lo sustituyera durante su turno de trabajo en los establos. Mientras ella se dirigió en bicicleta hacia el prado, pensó que por lo menos al estar ocupada lograría no darle tantas vueltas a la cabeza sobre cosas en las que no deseaba pensar… como la desvergonzada respuesta que había tenido ante Diego cuando éste le había hecho el amor y el hecho de que, gracias a su testarudez y a su enfado, él ya no quería saber nada más de ella.

El amanecer dio paso a otro inusual cálido día para el mes de mayo. A media mañana se sintió acalorada y cansada ya que no había dormido mucho la noche anterior. Normalmente tenía mucho cuidado cuando estaba cerca de la malhumorada yegua del conde Hardwick, Poppy, pero aquella mañana se descuidó y se olvidó de ponerle el bozal antes de comenzar a cepillarla. Poppy no estaba cooperando en absoluto y agitó la cabeza salvajemente antes de darle un mordisco en el brazo. Rachel gritó de dolor y miró los daños que le había causado.

El mordisco le había rasgado la piel y, cuando por la tarde se encontró con Alex, el vendaje que se había puesto alrededor de la herida estaba completamente empapado en sangre. Alex miró la herida e, ignorando las protestas de ella, la metió en su coche y la llevó a urgencias del hospital más cercano.

–No puedes arriesgarte, Rachel –le dijo cuando dos horas más tarde ésta salió de la sala de curas con el brazo vendado y con la orden de tomar antibióticos durante una semana–. Los mordiscos de animales son propensos a infectarse.

El médico que le había vendado la herida le había dicho lo mismo y en cuanto Rachel llegó a casa se tomó una doble dosis de antibióticos antes de comenzar a fregar el interior de la caravana en un intento de gastar parte de su energía. Al tirar a la papelera las ya marchitas rosas que Diego le había regalado hacía dos semanas, se dijo a sí misma que no iba a perder un segundo más en pensar en él. Se arrodilló delante de la nevera y se preguntó si sería seguro comerse el queso si le quitaba las partes en las que le había salido moho, pero el sonido de una familiar y sexy voz provocó que se levantara de inmediato.

–No puedes estar planteándote en serio comer eso… a no ser de que quieras ir de nuevo al hospital, pero en esta ocasión con una infección de estómago –comentó Diego, subiendo los peldaños que había delante de la puerta de la caravana. Se quedó de pie en la puerta. Estaba arrebatadoramente guapo vestido con unos pantalones vaqueros y una camiseta blanca–. ¿Cómo tienes el brazo?

–Bien –contestó ella automáticamente a pesar del hecho de que le dolía mucho la herida. Entonces frunció el ceño–. ¿Cómo has sabido…?

–Los cotilleos se dispersan muy rápidamente por la finca –contestó él.

–A eso mismo era a lo que me refería –dijo Rachel entre dientes–. Si alguien me hubiera visto salir de tu casa esta mañana vestida con la misma ropa que llevé anoche, los cotilleos se habrían extendido por la finca más rápido que el fuego.

–Ahora me doy cuenta de ello.

El comentario de Diego fue tan sorprendente tras la pelea que habían tenido aquella misma mañana que ella se quedó mirándolo fijamente. Deseó poder ver la expresión de su cara, pero ésta estaba oculta por las gafas de sol que llevaba puestas.

–Todo el mundo en Hardwick parece conocer los asuntos de los demás –añadió él. Pareció levemente irritado.

Había estado todo el día muy enfadado por la reacción de Rachel, pero a media tarde había comprendido que ella tenía todo el derecho de querer proteger su intimidad. La noche anterior había sido impresionante y había llegado a la conclusión de que la pasión que compartían era demasiado electrizante como para dejarla pasar.

Miró a Rachel y se preguntó si ella tenía idea alguna de lo mucho que la deseaba.

–Me preguntaba si querías acompañarme a cenar. En mi casa, desde luego, ya que no queremos correr el riesgo de que nos vean cenando en público.

Rachel se ruborizó y se percató de que pareció que él estaba dándole otra oportunidad.

–¿Quieres decir que vas a cocinar tú? –preguntó.

–Santa madre, ¡no! –espetó Diego, muy impresionado. Se quitó las gafas de sol y se echó su brillante pelo oscuro para atrás–. He descubierto un excelente restaurante francés en Harrowbridge... e, incluso mejor, he convencido al gerente de que comience a ofrecer un servicio de entrega a domicilio –explicó–. Tal vez no te guste la comida francesa, querida, pero en tal caso intentaré ejercer mis poderes de persuasión en el restaurante italiano que hay al otro lado del pueblo.

–La comida francesa será estupenda –murmuró ella tras una larga pausa.

–He dejado el coche junto a la granja. Ven conmigo ahora y te traeré de regreso pronto por la mañana... antes de que nadie se despierte –sugirió él, esbozando una sensual sonrisa.

–Tengo que ducharme y resolver un par de cosas –contestó Rachel–. Cuando termine, me acercaré a tu casa en bicicleta –añadió con una voz que ocultó la excitación que sintió ante la idea de pasar una noche más con Diego–. De esa manera, mañana podré regresar a casa en bicicleta.

Él frunció el ceño, pero controló la irritación que se apoderó de su cuerpo. Pensó que todo con aquella mujer resultaba ser una lucha de voluntades, pero ello sólo haría que su victoria final fuera aún más dulce.

–Como quieras –murmuró, encogiéndose levemente de hombros–. Pero en vez de ducharte, ¿por qué no te bañas en mi casa? Siempre he considerado que un baño de agua caliente es la mejor forma de relajar los músculos cansados.

El pícaro brillo que reflejaron los ojos de Diego provocó que ella volviera a ruborizarse. La idea de meterse en la enorme bañera de su casa era irresistible.

–Me parece buena idea –murmuró, sintiendo cómo

la tensión sexual que se había creado entre ambos desde que él había aparecido en la puerta de la caravana se intensificó. Sintió un cosquilleo por debajo de la pelvis.

Diego asintió con la cabeza y bajó los peldaños de la puerta. Pero al llegar al final de éstos, se detuvo y se giró hacia ella. En aquel momento las caras de ambos estaban a la misma altura y le dio un breve e incitante beso en la boca.

–No me hagas esperar mucho, querida –dijo, arrastrando las palabras–. ¡Estoy hambriento!

Una vez que Diego se alejó de la caravana, Rachel tomó ropa para el día siguiente, así como su cepillo de dientes, y lo metió todo en una mochila. Veinte minutos después se dirigió en bicicleta hacia la casa de él a través de la arboleda.

Encontró la puerta principal de la casa entreabierta, pero cuando entró al vestíbulo no había rastro de Diego. Entonces oyó el sonido de agua corriendo que provenía de la planta de arriba y se apresuró en subir las escaleras. Se detuvo de forma abrupta cuando abrió la puerta del cuarto de baño y vio que él estaba ya disfrutando de un espumoso baño… y bebiendo champán.

–Hola, guapa –la saludó Diego. Esbozó una sonrisa que le robó el corazón a Rachel.

–¿No habías dicho que iban a traer la cena a tu casa? –preguntó ella con la mirada fija en el musculoso pecho de él. Pensó que Diego era increíblemente guapo y lo deseó con todas sus fuerzas.

–La traerán en un par de horas.

A Rachel se le aceleró el corazón al imaginarse lo que quería hacer Diego hasta que llevaran la cena.

–Pensé que tenías hambre –contestó.

–Métete conmigo en la bañera y te demostraré lo hambriento que estoy, querida –prometió él.

Ella, invadida por una urgente necesidad de sentir a Diego dentro de su cuerpo, tomó la cinturilla de su camiseta... pero entonces se detuvo. La luz del atardecer todavía estaba colándose por la ventana del cuarto de baño y no quiso desnudarse frente a él. No le habría importado hacerlo si hubiera tenido unas curvas voluptuosas y se hubiera ido a quitar una sexy ropa. Pero estaba flaca y llevaba puestos unos pantalones de montar y una de sus camisetas más viejas.

–Diego... –comenzó a decir para informarle de que iba a quitarse la ropa en el dormitorio, pero él la interrumpió.

–Quítatela –le ordenó entonces Diego con el deseo reflejado en la voz.

Sintiéndose acalorada, Rachel se quitó la camiseta y la tiró al suelo. Se ruborizó al observar cómo él fijó la mirada en sus pechos.

–Ahora quítate el resto.

No había ninguna manera elegante de quitarse las botas y los pantalones de montar, pero Diego descubrió que observar cómo ella lo hizo fue el striptease más erótico que jamás había presenciado. Agradeció el hecho de que las burbujas escondieron la sólida evidencia de su excitación al verla delante de él completamente desnuda.

–Eres la mujer más bella que jamás he conocido –dijo, impresionado por su reacción ante ella. Dejó en el suelo su copa de champán y le tendió la mano para ayudarla a entrar en la bañera.

–No puedo mojarme la venda del brazo –murmuró Rachel al entrar en la burbujeante agua–. Diego, ¿qué es eso...? –comenzó a preguntar. Se ruborizó de nuevo al sentarla él sobre sus muslos ya que pudo sentir su erecto miembro presionándole la tripa.

Diego se rió ante la impresión que reflejó la cara de ella. Sintió cómo se le aceleró el corazón al observar cómo aquella impresión se transformó en excitación al introducirle él la mano entre las piernas…

–Apoya el brazo en el borde de la bañera –dijo–. Y permíteme el placer de lavarte.

–Diego… –Rachel respiró profundamente al tomar él una pastilla de jabón y comenzar a enjabonarle los pechos.

Una vez que lo hubo hecho, Diego los aclaró echándole agua con las manos. Entonces, tras incitarle los pezones con los dedos hasta que éstos estuvieron extremadamente duros, bajó la cabeza y se introdujo uno de ellos en la boca, para hacer lo mismo con el otro a continuación. Los chupó con esmero hasta que ella emitió un profundo gemido y lo agarró por el pelo, desesperada por que se detuviera y, al mismo tiempo, sintiendo idéntica desesperación por que continuara con su brujería.

Diego la había colocado de tal manera que Rachel estaba tumbada de espaldas en la bañera y él estaba arrodillado sobre ella. Tras satisfacer sus pechos, levantó la cara y la besó en la boca. Mientras lo hizo, le enjabonó el estómago y la pelvis, para a continuación bajar aún más la mano... La acarició y la exploró en una erótica estimulación.

–Realmente creo que ya estoy limpia –gimió Rachel, retorciéndose de placer.

–Entonces será mejor que te ayude a secarte –murmuró Diego, saliendo de la bañera. Se secó a sí mismo, tras lo cual la ayudó a ella a salir de la bañera y la arropó con una toalla.

La llevó al dormitorio, donde le secó todo el cuerpo

con la misma dedicación con la que la había lavado para asegurarse de que Rachel lo deseara con ansias.

Ella estaba ardiente de pasión y le acarició el pecho.

–Siempre deberías aplicarte crema corporal tras darte un baño –le dijo Diego con un pícaro brillo reflejado en los ojos. Tomó un bote de crema de la mesilla de noche y se echó un poco en las manos.

Comenzó a aplicarle la crema por los pies en un sensual masaje y, para cuando llegó a sus pechos y restregó las yemas de los dedos por sus pezones, Rachel sollozó su nombre y le suplicó que la poseyera... en aquel mismo momento. Él se rió y le separó las piernas con sus pegajosos dedos. Descubrió la húmeda evidencia del deseo de ella y, para alivio de Rachel, se colocó sobre su cuerpo.

–¿Estás preparada, querida?

Ella pensó que si estuviera un poco más excitada, se derretiría.

–Diego, por favor... –suplicó, desesperada porque la penetrara. Contuvo la respiración al entrar él dentro de ella con un certero movimiento. Le hizo sentirse tan increíblemente bien que no pudo evitar emitir un gemido de placer.

Diego le hizo el amor con mucha pasión y ejerció un gran control. La llevó al borde del éxtasis en varias ocasiones... hasta que ella se retorció debajo de él en una súplica silenciosa para que acelerara el ritmo. Él cedió y la penetró tan profundamente que Rachel alcanzó el clímax en una violenta explosión de éxtasis. En ese momento Diego renunció a su autocontrol y alcanzó la cima del placer segundos después. Gimió profundamente al explotar dentro de ella.

Tras aquello, Rachel se sintió agotada y notó cómo su ritmo cardíaco se redujo gradualmente. Pensó que

Diego era un amante increíble. Pero en unas semanas éste regresaría a Argentina y era muy probable que nunca volviera a verlo. Trató de ignorar la manera en la que le dio un vuelco el corazón cuando Diego salió de ella y la abrazó estrechamente. Pensó que no había ninguna razón por la cual no debiera disfrutar de un breve romance amoroso con aquel hombre…

Capítulo 6

JAQUE mate –Diego movió su alfil y se echó para atrás. Miró a Rachel y sonrió.

–¿Qué...? –ella miró el pequeño tablero de ajedrez que habían colocado sobre la manta de picnic. Consternada, negó con la cabeza–. Yo estaba a punto de ganar. Había planeado toda mi estrategia.

–Pero yo he vuelto a ganar de nuevo. ¿Sabes lo que eso significa, querida? –preguntó él con un pícaro brillo reflejado en los ojos–. El perdedor debe entregar una prenda de ropa y, como ya has perdido los zapatos y la pulsera, en esta ocasión debes quitarte el vestido.

–No puedes esperar que me lo quite aquí –discutió Rachel–. Estamos en un lugar público... y no llevo sujetador.

–Lo sé –contestó Diego con una endiablada mirada–. He sido consciente durante todo el día de que lo único que me evitaba ver tus pechos era un delicado vestido de algodón. Pero ya no puedes seguir ocultándote de mí. Estamos a bastante distancia del pueblo más cercano y ya hemos hecho picnic en este mismo lugar tres veces sin ver a absolutamente nadie. Así que venga... quítatelo.

–No puedo creer que me convencieras de jugar a esto –refunfuñó ella–. Sobre todo ya que acabo de aprender a jugar al ajedrez –añadió, comenzado a desabrocharse los botones del vestido. Una vez que éste estuvo abierto, se lo bajó por los hombros muy despacio para exponer sus pechos. Sintió un gran placer y triunfo femeninos al observar cómo él se ruborizó.

–Seguro que no es una regla del ajedrez que el perdedor tenga que desvestirse –comentó al permitir que el vestido le cayera por los muslos hasta que llegó a sus pies. Se quedó allí de pie vestida sólo con unas diminutas braguitas.

Habían colocado la manta sobre la que estaban haciendo picnic bajo un roble y la luz que se colaba a través de las ramas del árbol iluminó el delicado cuerpo de Rachel. Diego pensó que pareció una ninfa de los bosques.

–Es una regla del libro de reglas argentino –aseguró. Entonces miró sus braguitas y esbozó una pícara sonrisa–. ¿Quieres volver a jugar?

Ella emitió un pequeño gemido al agarrarle él el tobillo y provocar que cayera sobre su cuerpo. Se le aceleró el pulso al sentir cómo Diego le apretó el trasero contra su pelvis para que pudiera sentir su erección.

–Quizá pierdas tú y tendrás que entregar una prenda –comentó. El deseo se apoderó de ella al comenzar Diego a besarle la clavícula.

–Ése es el plan, cariño –dijo él con voz ronca.

Rachel se rió y sintió cómo Diego posó la boca sobre la suya. Mientras le acarició el pelo a aquel apasionado hombre, pensó que como nunca antes había tenido un romance, no había sabido qué esperar. Pero lo que desde luego no había esperado había sido que, aparte de amantes, durante las anteriores semanas Diego y ella se hubieran convertido en amigos. Compartían todo y estaban siempre juntos, aunque en los establos trataban de mantener oculta su relación.

Cada noche la pasión entre ambos aumentaba, pero el vínculo que Rachel sentía con Diego no estaba sólo basado en el sexo, sino en largas conversaciones y en las risas que compartían. Por las tardes y durante los fines de semana salían a montar a caballo para explorar la belleza de los paisajes que rodeaban la finca.

Ella sabía que no debía enamorarse de él, pero día tras día sus emociones eran más intensas. El verano estaba pasando muy rápido y en un par de semanas él regresaría a Argentina. Pero se consoló a sí misma diciéndose que todavía no iba a marcharse y que muchas cosas podían pasar hasta entonces. Quizá rompieran su relación antes del término de la estancia de Diego en la finca y tal vez incluso se alegrara de verlo marchar… o quizá él se enamorara de ella…

Mientras había estado tan pensativa, él se había quitado la ropa. Al verlo desnudo, sonrió y sintió el ya familiar vuelco que le daba el corazón cada vez que Diego le devolvía una sonrisa. Al acercársele él, se preguntó quién sabía lo que podía deparar el futuro.

Diego se apoyó en un hombro y miró a Rachel, la cual estaba acurrucada a su lado con los labios levemente separados. La luz que se colaba por las cortinas convirtió su pelo en un río dorado sobre la almohada. Hacía ya un mes desde que se habían convertido en amantes y se sintió levemente sorprendido ante el hecho de que su fascinación por ella era incluso más intensa que cuando la había llevado a la cama por primera vez.

Pensó que podría estar allí tumbado mirándola durante horas. Frunció el ceño al percatarse de lo rápido que se había acostumbrado a que ella compartiera su cama… y su vida. Normalmente Rachel se despertaba antes que él, cuando sonaba la estridente alarma de su despertador. Pero la noche anterior él mismo lo había apagado. Le había hecho el amor tres veces durante la noche a aquella hermosa mujer, la cual debía estar exhausta ya que todavía estaba completamente dormida.

Pensó que Rachel necesitaría comer algo, por lo que se levantó de la cama y la tapó con la sábana. Ella iba a necesitar reponer las fuerzas que había gastado la noche anterior.

Se puso una bata y bajó descalzo a la cocina, donde sirvió en un tazón los copos de avena que Rachel tomaba todas las mañanas. La había observado prepararse el desayuno una docena de veces, pero aun así quemó la leche. Al servirla sobre los copos de avena, removió todo enérgicamente con una cuchara y decidió añadir sirope. A continuación sirvió zumo en un vaso y, en un impulso que se negó a analizar, salió al jardín y tomó un capullo de rosa.

Pero cuando subió de nuevo al dormitorio con la bandeja del desayuno, Rachel estaba tan profundamente dormida que le dio pena despertarla. Tuvo que reconocer para sí mismo que nunca se saciaba de ella, y no era sólo porque Rachel fuera extremadamente seductora en la cama, sino también porque disfrutaba de su compañía y le gustaba tenerla a su alrededor. Incluso estaba considerando la posibilidad de llevarla consigo a Nueva York. Sólo iba a estar una semana más en Hardwick, tras lo cual pasaría un mes en su escuela de polo de los Estados Unidos antes de regresar a Argentina. Pero no estaba convencido de que ella fuera a encajar en su estilo de vida en Nueva York. Se dijo a sí mismo que en realidad había organizado la visita que iban a realizar a Londres para comprobar cómo soportaba Rachel los eventos sociales.

Ella se estiró bajo las sábanas y se percató poco a poco de la dorada luz que se colaba por la ventana. ¡Luz! Repentinamente abrió los ojos y durante un segundo estudió la esculpida perfección de la cara de

Diego. Pero entonces tomó su despertador y gritó, horrorizada.

–¡Son casi las nueve! –espetó. Jamás había dormido hasta tan tarde–. Mi despertador no puede haber fallado.

–Pues parece que así ha sido –contestó él con la diversión reflejada en la voz.

–Llego tarde al trabajo –dijo Rachel, enfurecida–. ¿Por qué no me has despertado?

–Porque durante los próximos días no vas a ir a trabajar –respondió Diego alegremente–. Toma, te he preparado el desayuno –añadió, colocándole la bandeja en los muslos a Rachel.

–¿Lo has preparado tú? –preguntó ella, incrédula. Entonces tomó la rosa y esbozó una sonrisa que le robó a él el corazón–. Gracias.

–Será mejor que no me des las gracias hasta que no lo hayas probado –contestó Diego, apartando la mirada de la tentadora curva de los pechos de ella.

–Estoy segura de que está buenísimo –aseguró Rachel. Se lo comió todo con mucho amor ya que él lo había preparado para ella. A continuación se bebió el zumo y recordó lo que había dicho Diego–. ¿Qué has dicho acerca de que no voy a ir a trabajar? Desde luego que voy a hacerlo.

–Uh, uh –dijo él, tomando la bandeja. La dejó sobre el tocador y se quitó la bata. Entonces se metió en la cama con ella y la agarró por la cadera cuando trató de escapar.

–¿Diego...?

–Tengo que asistir a una reunión de negocios en Londres y pensé que te gustaría venir conmigo.

–¿A tu reunión? –preguntó Rachel, confundida.

–Para que vayas de compras... para cuando vayamos a Royal Ascot –contestó él, sonriendo al ver la impresión que reflejó la cara de ella–. Un amigo mío ha alquilado un palco y me ha invitado a que vaya con una acompañante. Y quiero que tú seas mi acompañante, querida.

–Siempre he querido ir a Ascot –admitió Rachel, emocionada ante la idea de visitar aquellas famosas carreras de caballos–. Pero no tengo que ir de compras –aseguró con firmeza. Ascot sería como estar en el cielo, pero ir de compras era lo más parecido al infierno que se podía imaginar–. El verano pasado me compré un vestido nuevo para asistir a la boda de una amiga y estoy segura de que me servirá.

–Pero yo estoy seguro de que no –murmuró Diego con sequedad–. No puedes entrar en Ascot con un vestido barato. He contratado una estilista personal para que te acompañe de compras.

Cuando ella fue a protestar, él se lo impidió al darle un apasionado beso en la boca al mismo tiempo que la levantó sobre su cuerpo y la penetró con su erecto miembro. Sonrió de manera triunfal al oír cómo Rachel gimió al sentirse llena por dentro.

Aquella misma mañana se dirigieron en coche a Londres. Rachel había querido regresar a la caravana para tomar sus cosas, pero Diego estaba muy impaciente ya que su reunión estaba prevista para primera hora de la tarde.

–Podrás comprar todo lo que necesites en la ciudad –le dijo mientras conducía por la autopista.

Rachel sintió que estaba perdiendo parte de su independencia, pero nada la había preparado para la carismática personalidad de Diego ni para su increíble reacción ante él.

Había asumido que en Londres se hospedarían en

un hotel y le dirigió a Diego una mirada llena de desconcierto cuando éste aparcó el vehículo en un aparcamiento privado cercano al río.

–¿Quién vive aquí? –preguntó al guiarla él hacia un ascensor que les llevó a un impresionante ático con estupendas vistas sobre el Támesis y Westminster.

–Yo… aunque sería erróneo decir que vivo aquí. Utilizo este piso cuando estoy en Londres, quizá un par de veces al año –explicó Diego. Al sonar su teléfono móvil miró el número de la llamada entrante–. Tengo que contestar. Echa un vistazo tú misma.

Rachel dio una vuelta por el ático y le maravilló la bonita y lujosa decoración de éste. Pero lo que más llamó su atención fue la enorme cama de matrimonio que había en el dormitorio principal. Pensó que Diego le haría el amor sobre aquel colchón aquella misma noche…

Cuando regresó al salón, se encontró a Diego hablando con una impresionante mujer que parecía sacada de las páginas de una revista de moda. De inmediato sintió que sus ceñidos pantalones vaqueros y su camiseta no eran nada elegantes. Se ruborizó cuando la mujer la analizó con la mirada.

–Rachel, me gustaría que conocieras a Jemima Philips. Jemima es estilista personal y te va a llevar a las boutiques más importantes de Mayfair. Te ayudará a elegir algunos trajes nuevos.

–Un traje nuevo –contestó Rachel, poniéndose tensa–. Para asistir a Ascot. No necesito más.

–Necesitarás algo que ponerte para cenar esta noche… he reservado mesa en Claridge's –murmuró él–. Como vamos a quedarnos en la ciudad durante un par de días, supongo que querrás comprar algo de ropa interior y algunos pantalones y jerseys –añadió, dándole a Rachel un seductor beso en la boca al observar cómo ésta frunció el ceño–. Diviértete, querida. Estoy deseando verte vestida con algo que realce tu figura en vez de ocultarla.

Ella se sintió ofendida por aquello y pensó que debía demostrarle que, si se esmeraba, podía tener un aspecto tan elegante como la bella Jemima.

Pero tras varias extenuantes horas, deseó no haberse dejado llevar por aquel reto. Jemima Philips la había llevado a las más exclusivas boutiques de Bond Street y Sloane Square; Chanel, Gucci, Armani. En cada una de las tiendas Rachel fue consciente de las altaneras miradas que le dirigieron las dependientas. Pero pareció que sólo con mencionar el nombre de Diego aquellas mujeres se transformaron en personas muy educadas y dispuestas a ayudar.

Al finalizar la jornada había comprado un vestido de seda color crema con un cinturón negro y una chaqueta a juego, unos zapatos negros de tacón y un bolso, así como un sombrero negro. Había pretendido pagar todo aquello con su dinero, pero la factura de sus compras había ascendido a tal cantidad que no tenía dinero suficiente en el banco como para pagar ni una milésima parte de ello. Horrorizada ante la cantidad de dinero que Diego se había gastado en ella, se negó a comprar ninguno de los vestidos de noche que Jemima había conseguido que se probara.

Tras las compras fueron a un famoso salón de belleza donde transformaron su rebelde pelo. Le realizaron un estiloso peinado, le cortaron un largo y sexy flequillo y le aplicaron un estupendo maquillaje.

Diego estaba esperándola en su ático cuando un taxi la dejó en la puerta.

–Deberías haber ordenado que te trajeran todas las compras a casa en vez de haber venido cargando con ellas –le dijo cuando la vio aparecer por la puerta.

Impresionada, Rachel lo miró y él le indicó varias cajas con el nombre de una de las boutiques impreso.

–Jemima ordenó que trajeran esto a casa.

–Yo no quería comprarlos –comentó Rachel al abrir las cajas y ver los tres exquisitos vestidos de noche que se había probado en la tienda–. Estos vestidos cuestan una fortuna, Diego, y no puedo permitir que me los compres. Sólo necesito un vestido para esta noche. Puedes devolver los otros dos... junto con todo esto... –añadió al abrir una de las cajas y ver una colección de sensuales braguitas y sujetadores–. No los pedí. Jemima no debió...

–Jemima Philips estaba simplemente cumpliendo órdenes –murmuró él–. No sabes lo hermosa que eres, Rachel, pero ahora lo verás –aseguró, dándole un pequeño empujoncito hacia la puerta del dormitorio principal–. Ponte uno de estos vestidos para que pueda llevarte a cenar. Y, Rachel... ponte ropa interior negra y las medias con liguero. Tengo muchas ganas de quitártelo todo más tarde.

Al día siguiente a Rachel le dolió todo el cuerpo tras haber pasado una noche de intensa pasión durante la cual Diego le hizo el amor en incontables ocasiones. Le había costado mucho levantarse aquella mañana, pero habían tenido que salir pronto de Londres para dirigirse a Berkshire. En aquel momento se encontraban asistiendo a uno de los acontecimientos deportivos más prestigiosos del mundo. Al oír cómo los caballos pasaron por delante de ella, miró con sus prismáticos a los jinetes que se acercaban a la meta. Diego y ella se encontraban en un palco privado con sus ricos amigos.

Se había percatado de que estaba siendo objeto de una intensa especulación por parte de los sofisticados conocidos del anfitrión de la fiesta, el lord Guy Chetwin.

–Llámame Guy –le había dicho el aristócrata inglés cuando Diego los había presentado.

Rachel tuvo que reconocer que Guy parecía muy amistoso, pero el resto de los hombres del grupo, así como sus glamurosas esposas o novias, fueron mucho menos sociables con ella.

–Tu copa está vacía. Vamos por más champán –le murmuró Diego al oído, guiándola fuera del palco.

Ella se forzó en esbozar una sonrisa, pero continuó sintiendo que no pertenecía a aquel mundo. Diego estaba impresionantemente guapo vestido con un traje negro combinado con un chaleco y corbata gris, así como un sombrero del mismo color. Tenía un cierto aire desenfadado que atraía miradas de admiración femeninas. Aquel mundo de ricos era su mundo, pero no era el de ella. A pesar de la cara ropa que llevaba no encajaba con sus amigos y, al estar alejados de Hardwick, descubrió lo poco que tenía en común con él.

Captó su atención un hombre de pelo rubio que estaba hablando con Guy Chetwin…

–Acaba de llegar Jasper Hardwick –susurró, agarrando el brazo de Diego–. Tenemos que marcharnos.

–No seas tonta –contestó Diego, frunciendo el ceño–. No tengo ninguna intención de marcharme. ¿Qué importa si Hardwick nos ve?

–Importa porque adivinará que somos… que estamos juntos –espetó Rachel–. Y, conociendo a Jasper, sé que se asegurará de que todo el mundo en la finca lo sepa. No puedo creer que esté aquí.

–Guy y él son viejos amigos –explicó Diego–. Fueron juntos a Eton. Lo que yo no puedo creer es que todavía estés preocupada por el hecho de que se conozca nuestra aventura –añadió, irritado.

–¿No te importa a ti? –quiso saber ella.

–A mí nunca me ha importado, querida. Respeté tu deseo de no divulgar el hecho de que nos hemos estado acostando juntos, pero ahora las cosas han cambiado.

–¿Cómo son las cosas ahora? –exigió saber Rachel.

–Quiero que me acompañes a Nueva York la próxima semana –contestó él, sintiendo una gran satisfacción al observar lo impresionada que se había quedado ella.

–¿Te refieres a que quieres que vaya para trabajar en tu escuela de polo? –preguntó Rachel.

–No, querida –contestó Diego, esbozando una sensual sonrisa–. Para darme placer en la cama cada noche… aunque tampoco debemos reducir nuestras relaciones sexuales a la cama. Tengo una casa muy grande al norte del estado de Nueva York y podríamos ser ingeniosos en el jacuzzi, o en el sofá de cuero del salón… o quizá te tumbe en el gran escritorio de nogal de mi despacho…

–¡Diego! –le reprendió ella, sintiendo cómo se ruborizó. Le sorprendió lo tentada que se sintió de aceptar la invitación de él de acompañarlo a Nueva York. Pero no podía permitirse dejar de entrenar con Piran, sobre todo si quería tener alguna oportunidad de ser seleccionada para el Equipo Ecuestre Británico. Y tampoco podía simplemente desaparecer de los establos durante el tiempo que durara la invitación de Diego… y esperar que su trabajo fuera a estarle esperando–. No lo sé. Tengo que pensar en ello –dijo.

Él sintió cierta incredulidad ante aquella respuesta. Jamás ninguna mujer le había dicho que tenía que pensar si continuar con una relación con él o no. Normalmente él era el que se cansaba de las mujeres tras un par de semanas de mantener una aventura. Pero ante su profunda irritación tuvo que admitir que Rachel era distinta a todas las demás. Todavía continuaba intrigándole. Pero no quiso que ella se percatara de lo mucho que le importaba su respuesta, por lo que se acercó y le levantó la barbilla con un dedo.

–Tal vez esto te ayude a decidirte –murmuró, besándola en los labios. Nunca había besado a sus amantes en público, pero pensó que aquélla era la única manera que tenía de lograr que ella cediera y que lo acompañara a Nueva York.

Cuando dejó de besarla, Rachel lo miró completamente deslumbrada.

–Diego, cuando tengas un momento me gustaría que me dieras tus pronósticos para la próxima carrera –dijo alguien detrás de ellos.

–Ahora mismo estoy contigo, Archie –respondió Diego al mirar para atrás y ver quién les había interrumpido. Entonces miró a Rachel–. Dame tu respuesta esta noche –le murmuró al oído.

Cuando Diego se reunió con un grupo de amigos, ella se quedó paralizada al percatarse de que Jasper Hardwick había entrado al palco y estaba mirándola. Algo en la despectiva expresión de la cara de éste provocó que a ella se le congelara la sangre en las venas. Tomó una copa de champán que le ofreció un camarero y se concentró en observar las carreras.

–¿Qué te parece Ascot, Rachel? Creo que ésta es tu primera visita, ¿no es así?

Al oír aquella voz, ella bajó sus prismáticos y sonrió a Guy Chetwin.

–Así es. Y es… espectacular.

–Me alegro de que estés disfrutando del día –comentó Guy, acercándose demasiado a ella. Le devoró el cuerpo con la mirada–. Estás preciosa, querida. Diego siempre ha tenido un gusto excepcional –añadió como si ella fuera más un objeto que una persona.

Rachel se puso tensa y se llevó la mano a la gargantilla de diamantes que Diego le había puesto para asistir a las carreras.

–Es muy bonita –dijo Guy–. Si no me equivoco, es de Cartier.

–Eso creo –murmuró ella–. Me la ha dado Diego...

–Estoy seguro de que te la mereces –comentó el aristócrata con un cierto matiz irónico que puso aún más nerviosa a Rachel–. He oído que vas a acompañar a Diego a Nueva York.

–¿Cómo lo sabes...? –quiso saber ella, impresionada ante el hecho de que Diego hubiera hablado de ella con sus amigos–. En realidad, ni siquiera he decidido si voy a ir o no.

–Ah... –Guy se rió–. Bueno, no te culpo por querer hacerte valer. Pero te doy un consejo; no le hagas esperar demasiado ya que hay otras muchas bellas muchachas sin dinero que asisten a eventos sociales tales como Ascot con la única intención de conseguir un amante rico.

En aquella ocasión el desprecio que reflejó la voz de Guy fue inconfundible.

–No estoy con Diego porque tenga dinero –aseguró Rachel, ruborizándose.

–Pues claro que sí –contestó el aristócrata–. Yo puedo detectar a una cazafortunas muy fácilmente –añadió, acariciando la gargantilla que ella llevaba puesta–. Veo que tienes gustos muy caros, pero claramente no eres uno de nosotros. Quizá Diego te haya vestido con ropa de alta costura, pero me temo que nada puede ocultar tu falta de clase.

Rachel se sintió profundamente humillada y ni siquiera fue capaz de contestar a Guy. Éste se apartó de su lado y se reunió con sus amigos. Parte de ella deseó seguirlo para exigirle que se disculpara, pero al mirar la ropa y las joyas que llevaba puestas se percató de que, al haberlas aceptado, se había vendido a Diego.

El sexo que habían practicado la noche anterior había sido fascinante, pero se había dado cuenta de un pequeño cambio de actitud por parte de él. Había sido muy atrevido en sus exigencias y Rachel pensó que tal vez al haberle comprado la ropa se creía con derechos sobre ella.

Se sintió enferma. Había estado apunto de acceder a ir a Nueva York con él cuando lo que en realidad debía estar haciendo era entrenando con Piran. Había sacrificado su independencia por una aventura que no significaba nada para Diego. Pensó que las diferencias sociales entre ambos eran demasiado grandes y que él nunca la querría para otra cosa que no fuera para mantener un breve romance. En realidad casi no sabía nada de su vida.

Ensimismada en sus oscuros pensamientos, no se percató de que Diego se había acercado a ella hasta que éste no le habló.

–Estás fría, querida –murmuró él, acariciándole el brazo–. ¿Quieres entrar dentro? Por cierto, Jasper Hardwick se ha acercado al palco real –añadió, frunciendo el ceño al percatarse de que Rachel no dijo nada–. Parece que te ha caído bien Guy –comentó, irritado por los ridículos celos que había sentido cuando había visto a su amigo junto a ella–. ¿De qué estabais hablando?

–Tu amigo Guy me ha acusado de ser una cazafortunas –contestó Rachel–. Cree que sólo estoy contigo por tu dinero.

–Estoy seguro de que lo has malinterpretado... –comenzó a decir Diego.

–Por supuesto que no lo he hecho –interrumpió ella–. Según lord Chetwin, a Ascot vienen muchas bellas muchachas sin dinero para buscar un amante rico. Cree que me he vendido a ti. Y eso es lo que tú también crees, ¿no es así, Diego? La ropa y la gargantilla… han sido el pago por mis «servicios».

–No lo considero el pago de nada –gruñó Diego–. Necesitabas algo que ponerte hoy…

–Para ser socialmente aceptada por tu grupo de amigos –contestó Rachel con amargura–. Pero, según parece, el elegante traje y la gargantilla no pueden ocultar mi falta de clase –añadió, levantando la voz.

Diego frunció el ceño al percatarse de que la gente estaba mirándolos.

–Esto es ridículo –espetó–. Está claro que ha habido un malentendido. Voy a buscar a Guy para explicarle que tú eres mi…

–¿Tu qué, Diego? –preguntó ella al vacilar él–. Quizá ésta sea una buena oportunidad para aclarar qué tipo de relación tenemos… y para discutir nuestro futuro.

–¿Nuestro futuro, querida? –dijo él. No le estaba gustando el rumbo que estaba tomando aquella conversación. Se parecía demasiado a las que había mantenido con anteriores amantes–. Me temo que hay poco que discutir.

–¿Entonces por qué me pediste que te acompañara a Nueva York? ¿Fue sólo por sexo?

Diego no estaba preparado para admitir que había estado deseando enseñarle una de sus ciudades favoritas.

–No estropees lo que tenemos, Rachel –contestó–. Tú has disfrutado de nuestra aventura tanto como yo. Pensé que podíamos seguir disfrutando el uno del otro durante un mes más mientras yo estoy en los Estados Unidos pero, para ser sincero, jamás pensé que implicara ningún compromiso.

–Ya veo –respondió ella, tratando de ignorar el dolor que se había apoderado de su pecho.

–¡Dios! –espetó Diego, enfurecido ante el dolor que reflejó la voz de ella... y ante el inesperado sentimiento de culpa que se apoderó de él–. Te dejé claro desde el principio que no quería ningún tipo de compromiso. Me pareció que tú estabas contenta con una relación sin ataduras. ¿Qué esperabas, Rachel? ¿Una propuesta de matrimonio?

–Desde luego que no –contestó ella–. Pero para ir a Nueva York contigo debería renunciar a mi trabajo, a mi seguridad económica y, seguramente, a mis sueños de formar parte del Equipo Ecuestre Británico. Es mucho pedir, Diego, cuando todo lo que ofreces a cambio es un mes en tu cama.

Él tuvo que reconocer para sí mismo que ella tenía razón y le quedó claro su mensaje; o le ofrecía algún tipo de compromiso o no iba a acompañarlo a los Estados Unidos.

–Eso es lo que te ofrezco, querida –dijo ya que no iba a permitir que una mujer le dijera lo que tenía que hacer–. O lo tomas o lo dejas.

Rachel sintió cómo una ola de dolor se apoderó de ella. Supo que tenía que terminar con todo aquello antes de que su corazón resultara irreparablemente herido.

–Lo dejo –contestó–. Y creo que será mejor si me marcho de inmediato... antes de que otro de tus amigos vuelva a acusarme de ser una cazafortunas –añadió con amargura.

–Hablaré con Guy –aseguró Diego–. No me cabe la menor duda de que querrá disculparse por su error.

–Olvídalo –respondió ella–. No me importa lo que él piense de mí. Sólo quiero marcharme.

–Muy bien. Yo pretendo seguir disfrutando de las

carreras, pero lo arreglaré todo para que un chófer te lleve de regreso a Londres –contestó Diego. Pensó que tal vez si ella pasaba un par de horas sola cambiaría de idea–. Pasaremos la noche en mi piso y mañana te llevaré en coche a Gloucestershire. Vamos, te acompañaré a uno de los coches.

Capítulo 7

LUEGO nos vemos –le dijo Diego a Rachel con brusquedad al cerrar la puerta del vehículo.

Cuando la limusina arrancó y comenzó a alejarse, ella giró la cabeza y lo miró a través de la luna trasera... desesperada por grabar la cara de Diego en su memoria. No tenía ninguna intención de estar en el piso cuando él regresara.

Una vez en Londres, tardó muy poco en quitarse la ropa y colgarla en el armario junto al resto de los vestidos que le había comprado Diego. A continuación se quitó la gargantilla y la puso en su bonita caja de terciopelo. Entonces se vistió con sus pantalones vaqueros y camiseta.

Cuando él llegó al ático y lo encontró vacío, ella ya estaba en la estación Paddington, donde tomó un tren hacia Gloucestershire.

Estuvo nerviosa durante el fin de semana, ya que supuso que Diego regresaría a Hardwick y que estaría furioso con ella por haberse marchado sin decirle nada. Pero cuando el lunes por la mañana llegó a los establos, se enteró por los demás muchachos de que, aunque a Diego le quedaba todavía una semana de trabajo en el Hardwick Polo Club, no iba a volver. Le informaron de que incluso ya se había marchado a su escuela de polo de los Estados Unidos.

–¿Cómo fue tu viaje a Cornwall? –le preguntó Alex.

–¿Cornwall...? –Rachel se quedó mirando a su

amigo sin comprender. Sintió cómo se le revolvió el estómago al ser consciente de que Diego se había marchado.

–Para ver a tu padre... Diego nos comentó que habías ido a verlo durante un par de días –dijo Alex.

–Oh... sí... estuvo bien –respondió ella entre dientes, impresionada ante el hecho de que Diego hubiera mentido para hacerle las cosas más fáciles.

Él había sabido que ella no quería que nadie en Hardwick se enterara de su aventura y el percatarse de que había intentado protegerla la conmovió. Pero fue consciente de que había hecho lo correcto al no acompañarlo a Nueva York.

Los días pasaron muy despacio, pero finalmente Rachel descubrió que habían pasado semanas desde que había finalizado su aventura con Diego. El verano terminó, pero el extraño aletargamiento que se había apoderado de ella empeoró. Le pareció que la vida había perdido su sentido y no podía aliviar la dolorosa soledad que la invadía por dentro. Echaba de menos a Diego desesperadamente.

A principios de septiembre logró un puesto con el Equipo Británico de Saltos para competir en los campeonatos europeos. Peter Irving estuvo encantado y ella se forzó en parecer emocionada. Competir a nivel nacional siempre había sido su sueño, pero en vez de sentirse eufórica se sintió baja de ánimos y cansada... así como enfadada consigo misma por continuar pensando en un hombre que probablemente ya se habría olvidado de ella.

Había leído en varias revistas ecuestres que él había estado muy ocupado con sus partidos de polo durante las anteriores semanas. Se había sentido enferma al ver una fotografía en la que Diego aparecía rodeado de numerosas hermosas modelos. Pero la sensación de náusea continuó embargándola y pensó que probablemente le había afectado alguno de los muchos virus que circulaban en otoño. Pero decidió comentárselo a su ginecóloga cuando fue por sus píldoras anticonceptivas.

–¿Todo lo demás está normal? –preguntó la ginecóloga–. ¿Cuándo tuviste tu último periodo?

Rachel frunció el ceño. Desde que había comenzado a tomar la píldora sus periodos habían sido tan escasos que normalmente sólo duraban un día y no se había molestado en apuntarlos. La última vez que había descansado de la píldora había sido hacía tres semanas pero, al pensarlo detenidamente, se dio cuenta de que no había tenido el periodo desde hacía mucho.

–Creo que tal vez no me haya venido durante un par de veces –contestó, impresionada más que preocupada–. Pero lo mismo ocurrió el año pasado y resultó ser que tenía anemia.

–Bueno, puedo mandarte unos análisis de sangre. Y tal vez también deberíamos realizar una prueba de embarazo... para descartarlo –murmuró la ginecóloga.

–No puedo estar embarazada –aseguró Rachel–. No me he olvidado ni una sola vez de tomar la píldora.

Cuando le entregó a la enfermera una muestra de su orina, le repitió lo mismo.

–Estoy segura de que no tiene por qué preocuparse –contestó la mujer de manera tranquilizadora–. Siéntese en la sala de espera. La doctora la llamará en pocos minutos para entregarle los resultados.

Rachel trató de ignorar los nervios que se apoderaron de su estómago. Pensó que no podía estar embarazada. Durante las anteriores semanas había perdido peso en vez de ganarlo y estaba más delgada que nunca.

Era cierto que se encontraba más cansada de lo habitual y que lo había estado durante semanas... pero no era algo sorprendente ya que había estado durmiendo muy mal.

Se aseguró a sí misma que sólo era un problema pasajero con su ciclo menstrual, pero la seria expresión de la cara de la ginecóloga cuando entró de nuevo en la consulta la llenó de miedo.

–Debe ser un error –dijo con la voz ronca varios minutos después, absolutamente devastada ante las noticias de que iba a tener un bebé de Diego.

–¿Te pusiste mala del estómago en alguna ocasión? –preguntó la ginecóloga–. Si vomitas se puede reducir la efectividad de la píldora... como también puede ocurrir si tomas antibióticos.

–Me mordió un caballo –recordó Rachel–. Y en urgencias me dieron antibióticos para evitar que la herida se infectara. Pero eso no puede haber provocado que me quede embarazada... ¿no es así? –preguntó, desesperada.

–Comprobaré con el hospital qué clase de antibióticos te dieron, pero es lo más probable. Lo más importante ahora es que estás embarazada. Voy a solicitar que te hagan una ecografía para determinar de cuánto tiempo estás.

Rachel se sintió enferma. Estaban a finales de septiembre y ella había terminado su aventura con Diego el día de las carreras de Ascot, que aquel año se había celebrado el diecinueve de junio. Aquello significaba que debía estar embarazada de cuatro meses... posiblemente de más.

–Pero no parezco embarazada –comentó, desesperada. Miró su liso vientre.

–Una ecografía nos revelará más detalles –contestó firmemente la ginecóloga.

Y así fue. Cuatro días después Rachel miró incrédula la ensombrecida imagen de la pantalla mientras la enfermera le indicaba que escuchara el latido del corazón de su bebé. Impresionada, se enteró de que estaba embarazada de dieciocho semanas.

Aquella misma noche, tumbada en la cama de su caravana, se preguntó cómo no se había dado cuenta. Las señales habían estado ahí, lo que había ocurrido había sido que había achacado su cansancio y cambios de humor al hecho de que estaba enamorada de un hombre que vivía en el otro extremo del mundo y que no quería saber nada más de ella.

La ginecóloga le había informado de que haber seguido tomando la píldora durante los primeros meses de embarazo no había dañado al bebé. También le había informado de que si no quería continuar con el embarazo, tenían que actuar deprisa. La respuesta de Rachel había sido inmediata; no contemplaría la posibilidad de abortar… aunque tampoco sentía ni alegría ni emoción ante la idea de tener un hijo.

–Díselo al padre y denúncialo ante la Agencia de Protección de Menores si se niega a ayudarte con la manutención de tu hijo –le aconsejó su madre cuando, desesperada, Rachel la había telefoneado–. Criar sola a un hijo es duro, te lo digo yo.

Liz Summers no podía ofrecer ninguna ayuda práctica. Había dejado a su tercer marido por un artista irlandés e iba a marcharse a vivir a Dublín junto con sus hijas gemelas. Rachel se estremeció ante la idea de pedirle dinero a Diego. No quería nada de él, aunque sabía que éste tenía derecho a saber que ella iba a tener un hijo suyo. El único problema era que no sabía cómo localizarlo. Sabía que tenía un rancho, pero Argentina era un país muy grande.

Finalmente recordó el club de polo del que él era

propietario en Nueva York. Encontró el número en internet pero, cuando telefoneó, la recepcionista se negó a darle la dirección de Diego en Argentina. Lo que sí que hizo fue tomar los datos de Rachel y prometerle que le haría llegar el mensaje al señor Ortega de que la telefoneara. Pero éste no telefoneó y, a medida que fueron pasando las semanas, ella dejó de ensayar cómo le daría la noticia de que estaba embarazada de un hijo suyo. Asimismo tuvo que enfrentarse al hecho de que estaba ya embarazada de cinco meses, lo que implicaba que no iba a poder continuar con su trabajo en los establos por mucho más tiempo y que no podría mantener su puesto en el Equipo Británico de Saltos. También decidió que su pequeña caravana no era el lugar idóneo para criar a un niño.

Llovía en Gloucestershire... y lo estaba haciendo intensamente, tanto que los limpiaparabrisas del vehículo no podían despejar el agua de la luna delantera. Diego apretó los labios mientras se dirigía hacia Hardwick Hall y se preguntó qué estaba haciendo allí.

Había estado en Tailandia, compitiendo en varios partidos de polo, y echaba de menos el calor. Una serie de reuniones a las que había tenido que asistir en Londres habían provocado que estuviera en la ciudad durante varias semanas. Al haber regresado a su maravilloso ático, había recordado los días que había pasado allí con Rachel y su curiosidad por saber por qué había tratado ésta de ponerse en contacto con él le había superado.

Había telefoneado previamente a los establos y el trabajador que había respondido al teléfono le había explicado que Rachel ya no trabajaba allí, pero que seguía viviendo en su caravana. Se preguntó por qué habría dejado ella aquel trabajo que tanto adoraba.

Frunció el ceño, irritado por su interés. Desde el momento en el que había regresado a su ático londinense tras haber asistido a las carreras de Ascot y había descubierto que ella se había marchado, la había borrado de su mente. Se había sentido furioso, así como despechado, ante el hecho de que hubiera sido Rachel la que había terminado su aventura. Había sido una experiencia nueva para él y no le había gustado. Había sentido cierta satisfacción cuando la recepcionista de su club de polo de Nueva York le había informado de que una tal señorita Rachel Summers había pedido que la telefoneara.

Hacía ya casi dos meses desde que Rachel había tratado de localizarlo, pero él había estado demasiado ocupado al tener que viajar por todo el mundo para participar en competiciones de polo como para devolverle la llamada. Pero no había podido evitar que ella se colara en su subconsciente.

Al llegar a la granja y subir por el embarrado camino que llevaba a la caravana, se dijo a sí mismo que estaba a punto de descubrir qué había sido lo que había querido ella. Tal vez incluso había querido retomar su aventura.

La caravana le pareció incluso más vieja y pequeña de lo que recordaba. Cínicamente pensó que tal vez Rachel había decidido que ser la amante de un multimillonario no estaba tan mal, aunque él no tenía ninguna intención de volver con ella.

Pero cuando detuvo el coche y se bajó de éste para acercarse a llamar a la puerta de la caravana, notó que no pudo controlar el repentino aceleramiento de su ritmo cardíaco.

–Hola, Rachel.

Rachel estaba con la gripe. Durante los anteriores tres días había sufrido dolor de cabeza y de garganta, así como entumecimiento de los brazos y piernas. Y en aquel momento pensó que debía tener mucha fiebre ya que estaba alucinando.

–¿Diego?

No pudo comprender qué hacía él allí y le horrorizó el efecto que su repentina presencia tuvo en ella. Se le revolucionó el corazón y se quedó sin aliento.

Verlo después de tanto tiempo le alteró profundamente. Diego estaba incluso más guapo de lo que recordaba. Quiso tocarlo. Sintió una necesidad desesperada de que la abrazara. Pero él era el responsable de que todos sus sueños se hubieran ido al traste.

–¿Qué quieres? –le preguntó.

Diego frunció el ceño. Miró el montón de cajas y la ropa que había en el suelo.

–Hablar contigo –contestó–. ¿Puedo pasar? Obviamente no es un buen momento, pero mañana regreso a casa.

Lo último que deseó hacer Rachel fue invitar a Diego a entrar en su caravana. Pero la lluvia lo estaba empapando y, sin ánimo, se echó para atrás para permitirle el paso. Entonces apartó unas revistas de caballos del sofá para que él pudiera sentarse. Recordó la pasión que había habido entre ambos la primera vez que Diego había estado en su caravana. Se ruborizó.

Pero en los ojos color ámbar de él no quedaba ni una pizca del ferviente deseo que había habido entre ellos aquel día. Diego la estaba mirando con una expresión de desagrado y ella agradeció el hecho de que su amplia sudadera ocultara su todavía pequeña tripita.

–¿Por qué estás aquí? –quiso saber.

–Recibí el mensaje que dejaste en la oficina de Nueva York. Decías que querías hablar conmigo –contestó él–. ¿Era algo importante?

Rachel emitió una dura risotada, enfurecida ante la patente falta de interés de Diego.

–No creo que te importe si lo era. Te telefoneé hace dos meses.

–He estado ocupado –respondió Diego, frunciendo el ceño ante el tono acusatorio de la voz de ella.

–Sí, me imagino que lo has estado –comentó Rachel, recordando la fotografía de él rodeado de modelos que había visto en el periódico.

–Por lo que parece, tú también –dijo él, mirando las cajas–. ¿Has decidido ir a vivir a un lugar más adecuado?

–No hay nada malo en vivir en una caravana. Es sólo que no es el lugar idóneo para criar un bebé…

Diego sintió cómo todos los músculos de su cuerpo se pusieron tensos. El día del fallecimiento de Eduardo su corazón se había transformado en un témpano de hielo y había pensado que nada podría volver a conmoverlo. Pero en aquel momento, sintiéndose invadido por un tormento de emociones, se percató de que se había equivocado.

Un tenso silencio se apoderó de la situación. Rachel pensó que no se había imaginado que aquélla sería la manera en la que le diría a Diego que estaba esperando un hijo suyo. Las palabras le habían salido sin poder controlarlas y, atemorizada, esperó la reacción de él. Pero tras unos segundos, Diego se encogió de hombros y se levantó.

–Ya veo –murmuró con frialdad–. Bueno, creo que debo marcharme –añadió, dirigiéndose hacia la puerta. Pero se detuvo y se giró para mirarla. Esbozó una mueca de completo desprecio–. No esperaste mucho para saltar a la cama de otro hombre, ¿no es así, Rachel? ¿Quién es el padre… tu amigo pelirrojo? Dime una cosa, ¿comenzaste con él tras dejarme a mí o te acostaste con ambos al mismo tiempo?

Rachel se estremeció.

–No es hijo de Alex –contestó en voz baja–. Es tuyo.

En ese momento el enfado le recorrió las venas a Diego. Se preguntó si ella pensaba que él era estúpido.

–¿Cómo puedes estar embarazada de mí si tú y yo rompimos hace meses? Si tu novio no se hace cargo de sus responsabilidades, es tu problema. No tiene nada que ver conmigo.

A Rachel le impresionó tanto la negativa de él a aceptar que era el padre de su hijo que su cerebro dejó de funcionar durante unos segundos. Pero cuando Diego abrió la puerta de la caravana y ella vio que iba a marcharse, regresó a la realidad. Enfurecida, agarró la cinturilla de su sudadera y se quitó ésta por encima de la cabeza. Entonces él se giró y la impresión se reflejó en sus ojos al ver su avanzado estado.

–Aquí está tu bebé, Diego –aseguró Rachel con fiereza–. Estoy embarazada de siete meses. No lo supe hasta que no estuve de casi cinco. Cuando lo descubrí, traté de ponerme en contacto contigo ya que pensé que tenías derecho a saberlo.

–No creo ni por un instante que yo sea el padre –contestó él con la frialdad reflejada en los ojos–. Si piensas que voy a mantener al hijo de otro hombre, te has equivocado.

–Alex es mi amigo. ¡Jamás hemos sido amantes! –gritó ella, enfurecida.

–Entonces debes haber atrapado a otro pobre tonto –gruñó Diego al bajar los peldaños de la caravana–. Pero te digo una cosa, querida. No me vas a atrapar en tu red de engaño.

Impresionada, Rachel se quedó mirando cómo él se alejó de la caravana para dirigirse a su vehículo. Pensó que Diego le había dado la espalda a su hijo y había negado rotundamente la posibilidad de ser el padre del pequeño.

–¡Tú eres el padre, Diego! ¡No podría ser otra persona ya que tú eres el único hombre con el que me he acostado! –gritó.

Él continuó andando sin alterar el ritmo. Pero repentinamente se detuvo y se giró para mirarla.

–¿Qué has dicho? –exigió saber con una fría expresión reflejada en la cara.

–La primera vez que hicimos el amor… yo era virgen –confesó ella.

–Mentirosa. Yo me habría dado cuenta –dijo Diego con mucha arrogancia antes de montarse en el coche y marcharse de allí.

Capítulo 8

RACHEL estaba mintiendo. Tenía que estar mintiendo. Diego miró por la ventana del hotel en el que se estaba hospedando y vio el invernal paisaje que se divisaba desde ésta. Aquel mismo día tenía que tomar un vuelo hacia Buenos Aires y estaba impaciente por regresar a casa. Pero no podía quitarse de la cabeza la imagen de Rachel en la puerta de su caravana gritándole que él era el padre de su hijo.

La camarera que le había servido la cena la noche anterior se acercó de inmediato a su mesa y le sonrió. Notó que ésta se había desabrochado los tres botones de arriba de la camisa…

–¿Le gustaría tomar el desayuno inglés completo, señor Ortega? Beicon, una salchicha, unos huevos fritos, pan tostado…

A Diego se le revolvió el estómago. No había dormido durante la noche anterior y aquella mañana no tenía apetito.

–Sólo quiero más café, gracias.

–¿Se va a quedar por aquí durante mucho tiempo? –le preguntó la camarera, mirándolo cándidamente–. Si quiere, yo podría enseñarle los alrededores.

La rubia muchacha era guapa. Ocho meses atrás probablemente él habría estado lo suficientemente interesado como para aceptar aquella oferta. Pero en aquel momento, en todo en lo que podía pensar era en otra mujer rubia con unos impresionantes ojos azules.

Se preguntó si era posible que le hubiera robado la virginidad aquella primera noche que habían estado juntos. Recordó que le había sorprendido la indecisión que había mostrado Rachel…

Ella le había asegurado que estaba tomando la píldora y pensó que obviamente le había mentido. Pero ello no quería decir que él fuera el padre de su bebé. Podría haber tenido otros amantes después de él. Podía estar embarazada de menos de siete meses. Pero al recordar su hinchada tripa tuvo que reconocer que aquel embarazo estaba muy avanzado.

Sintió cómo el enfado le recorrió el cuerpo, enfado dirigido hacia Rachel y también hacia sí mismo. Se planteó qué haría si el bebé resultaba ser hijo suyo. Se preguntó a sí mismo si sería capaz de regresar a Argentina mientras su hijo era criado en el campo. Se sintió frustrado y enfurecido, pero al mismo tiempo no pudo negar que le maravilló la idea de ser padre.

Él no recordaba a su padre. Según su madre, Ricardo la había dejado por una mujer que había conocido en Buenos Aires cuando Eduardo y él habían sido sólo unos bebés. Lorena Ortega se había casado con un joven que no servía para nada… algo que no había dejado de repetir su abuelo, así como también había dicho que Diego era igual a su padre.

Incluso casi todavía podía oír al anciano diciéndole que era un irresponsable e informal playboy. Tal era el odio que Alonso Ortega había sentido hacia su yerno que, una vez que Lorena se hubo divorciado de Ricardo Hernández, accedió a los deseos de su padre y se cambió el apellido, así como también hizo con los de sus hijos, para volver a apellidarse Ortega. Pensó que a su abuelo no le habría sorprendido el hecho de que él fuera a tener un hijo ilegítimo. Alonso habría dicho que de tal palo tal astilla. Pero su abuelo se habría equivocado. Si él resultaba ser el padre del hijo de Rachel, asumiría su responsabilidad y haría lo que tuviera que hacer.

Mudarse de casa era algo estresante en circunstancias normales, pero Rachel descubrió que hacerlo tras haber pasado la noche anterior llorando y llena de rabia debido a su enfrentamiento con Diego, así como con la garganta destrozada y fiebre, aumentó su estrés hasta niveles alarmantes.

En realidad no se había mudado a una casa. Miró a su alrededor en la habitación amueblada que había alquilado, la cual era ligeramente más grande y cálida que la caravana. Se sintió muy agradecida con Bill Bailey, el casero, por habérsela ofrecido a muy buen precio.

Gracias a Bill también tenía un trabajo como camarera en el restaurante del Rose and Crown, el pub que había en la planta baja del edificio donde había alquilado la habitación.

No sabía qué iba a hacer cuando naciera el bebé. El conde Hardwick le había asegurado que le guardaría un puesto de trabajo, pero ella era consciente de que no podía regresar a trabajar a los establos con un bebé por el que preocuparse, aparte del hecho de que el salario que allí recibiría no sería suficiente para mantener a un niño.

Lo único que tenía claro era que iba a tener que salir adelante sola ya que Diego le había dejado claro que no quería saber nada ni del bebé, que no creía suyo, ni de ella.

Se sentó en el borde de la cama y miró las cajas que Bill había subido por ella a la habitación… ya que ésta estaba en el tercer piso del edificio y no había ascensor. Pensó que debía comenzar a sacar las cosas, pero tenía tanto frío que lo único que fue capaz de hacer fue acurrucarse bajo el edredón. A los pocos instantes se quedó dormida.

–Así que estás aquí... Llevo llamando a la puerta durante cinco minutos. ¿Por qué no abriste?

Rachel hizo un gesto de dolor al oír aquel enfurecido gruñido. Se forzó en abrir los ojos y al hacerlo vio a Diego.

–¿Qué estás haciendo aquí? –preguntó en lo que no fue más que un leve susurro.

Con la preocupación reflejada en la cara, Diego frunció el ceño y se agachó junto a la cama. Le puso la mano en la frente a ella.

–¡Dios, estás ardiendo! Debes tener mucha fiebre –dijo entre dientes–. Rachel, no vuelvas a dormirte. Tengo que llevarte al médico.

–Vi a mi ginecóloga hace dos días –contestó ella, quitándose el edredón de encima ya que sintió mucho calor–. Simplemente tengo la gripe, eso es todo. Pero no puedo tomar nada para aliviar los síntomas... por el bebé. ¿Y tú qué quieres?

–Quiero la verdad –respondió Diego, levantándose. La dura expresión de su cara no reflejó lo mucho que le había afectado ver a Rachel en una situación tan vulnerable–. Te lo voy a preguntar una vez más. ¿Quién es el padre de tu hijo?

–Me lo puedes preguntar cien veces y la respuesta seguirá siendo la misma –espetó ella–. Eres tú.

–Quiero una prueba –dijo él con frialdad–. Anoche estuve investigando y descubrí que ahora es posible realizar una prueba de ADN mientras el bebé todavía está en el vientre materno. Te tendrán que sacar una muestra de sangre y con ella analizarán el ADN del bebé sin ningún riesgo.

–¡No necesito probar nada! –espetó de nuevo Rachel, furiosa–. Tú has sido el primer y el único hombre con el que he mantenido relaciones sexuales. Tanto si te gusta como si no, este bebé es tuyo.

–¿Habías planeado quedarte embarazada?

–¿Que si lo planeé? –contestó ella, impresionada ante aquella acusación–. ¿Crees que quiero estar embarazada? Lo he perdido todo –añadió amargamente–. El trabajo que amaba, mi casa… hasta mi caballo. Había ganado un puesto en el Equipo Británico de Saltos, pero obviamente tuve que renunciar a él. Peter Irving logró encontrar un nuevo jinete que ocupara mi lugar y que siguiera entrenando con Piran, por lo que ahora éste vive en Norfolk, en la granja de su nuevo propietario… demasiado lejos como para que yo vaya a visitarlo.

Rachel cerró los ojos durante un momento.

–No, no lo planeé y tampoco te mentí. Estaba tomando la píldora, pero no funcionó correctamente… fue algo que tuvo que ver con los antibióticos que tomé tras la mordedura de la yegua de Hardwick. Fue simplemente… mala suerte. Pero es mi problema, Diego, y yo me encargaré de resolverlo. No quiero nada de ti. Me las arreglaré bien sola.

Diego frunció el ceño y pensó que la conversación no estaba marchando como había esperado. Había supuesto que Rachel se habría puesto contenta al verlo y que habría estado agradecida de que le diera una nueva oportunidad de demostrar que era el padre del bebé.

–¿Cómo pretendes arreglártelas? –preguntó, convencido ya de que el bebé era hijo suyo.

–Estoy pensando en dar el bebé en adopción.

Diego sintió como si le hubieran dado una patada en el estómago. Descubrir que iba a ser padre le había impresionado mucho, pero aquella tranquila afirmación de Rachel le dejó sin aliento.

–¿Cómo puedes siquiera contemplar algo así? –exigió saber, enfurecido–. ¿Crees que voy a permitirte que le entregues mi hijo a unos extraños?

Ella sintió cómo algo se alteró en su pecho ante el tono posesivo con el que él se había referido a «su hijo». Por primera vez desde que había descubierto que estaba embarazada, se imaginó al bebé como un pequeño ser humano en vez de como un alienígena que estaba creciendo en su vientre. Repentinamente sintió curiosidad por la pequeña persona que Diego y ella habían creado.

–¿*Tu hijo*, Diego? Ayer estabas convencido de que el padre del bebé era uno de mis muchos amantes.

–Pero hoy estoy preparado a aceptar la posibilidad de que el niño sea mío –contestó él. Se había quedado muy impresionado al enterarse de que ella estaba considerando la opción de dar al bebé en adopción.

Se preguntó qué clase de vida tendría su hijo si le privaban del requisito más importante en la vida... el amor de una madre. Él mismo conocía la experiencia. A su madre no le había gustado él y le había entregado todo su amor a Eduardo. Su abuela le había contado antes de morir que su nacimiento había tomado a todos por sorpresa. Su madre no había sabido que esperaba gemelos y su llegada al mundo había sido una experiencia traumática para ella tras el fácil parto de Eduardo. Según la abuela Elvira, Lorena no había sido capaz de tomarle cariño a su segundo hijo.

–¿No quieres a nuestro bebé, Rachel? –le preguntó, mirándole la tripa.

–No es que no lo quiera... –contestó ella, temblorosa– sino que quiero lo que sea mejor para él... o ella. Yo no tengo los medios para criar a un niño, pero hay cientos de parejas desesperadas por tener un bebé, parejas que disfrutan de una buena situación financiera con la que poder otorgarle una infancia feliz a un niño.

–¿Estás sugiriendo que nosotros no podemos hacer eso?

–No hay un nosotros, Diego –contestó Rachel–. Hasta ayer no sabías que estaba embarazada y yo ni siquiera tenía una manera de ponerme en contacto contigo. Si no hubieras aparecido, ni siquiera te habrías enterado de que ibas a tener un hijo.

A él le impresionó el sentimiento de posesión que sintió hacia el bebé, el afán protector que se apoderó de él. Supo que amaría a su hijo incondicionalmente.

–Dime una cosa –exigió con dureza–. Si estuvieras en una situación en la cual pudieras criar a tu hijo en condiciones adecuadas, ¿querrías quedártelo? ¿Lo querrías?

–Desde luego que sí –respondió Rachel, susurrando.

–Entonces sólo hay una cosa que se puede hacer –aseguró Diego. Siempre había huido del compromiso, pero no iba a abandonar a su hijo–. Te casarás conmigo y juntos criaremos a nuestro hijo en Argentina.

Rachel sintió como si se le hubieran derretido los músculos de las piernas.

–Mi madre se casó con mi padre porque se quedó embarazada de mí… y créeme, no funcionó –contestó–. No tengo ninguna intención de repetir los errores de mis padres.

Durante unos segundos Diego no respondió. Simplemente se quedó allí de pie mirándola.

–En realidad, mi padre y mi madre también se casaron por la misma razón –dijo–. Yo no me acuerdo de mi padre… según parece nos abandonó cuando mi hermano gemelo y yo éramos unos bebés. Pero claramente el casarse por obligación tampoco funcionó para mis padres.

Impresionada, Rachel lo miró. Era la primera vez que él mencionaba a su familia.

–No sabía que tenías un hermano gemelo. ¿Sois idénticos? –quiso saber.

–Éramos parecidos, pero no idénticos –contestó Diego bruscamente.

–¿Erais…?

–Mi hermano murió hace diez años.

El tono de voz de Diego le advirtió a Rachel que no continuara con aquel tema. Pero al ver el dolor que reflejaron los ojos de él, sintió cómo le dio un vuelco el corazón. Pensó que perder un hermano gemelo debía ser algo terrible. Recordó a sus hermanastras gemelas. Emma y Kate tenían cinco años y estaban muy unidas.

Durante la breve aventura que habían mantenido, había creído que Diego era el rico, exitoso y superficial playboy que a él le gustaba interpretar. La pasión que habían compartido había sido electrizante, pero en aquel momento se percató de que en realidad no había conocido al verdadero Diego Ortega.

–Si un matrimonio de conveniencia no funcionó para ninguno de nuestros padres, ¿por qué lo sugieres cuando sabes que lo más probable es que…?

–¿Qué era lo que deseabas más que nada cuando creciste, Rachel? –interrumpió él.

–Un caballo –contestó ella lacónicamente. Se preguntó hacia dónde iba a dirigir Diego la conversación–. No, en realidad lo que quería más que nada era ser mi amiga Clare… vivir en una familia normal con unos padres que no estaban gritándose constantemente el uno al otro. Los padres de Clare se amaban y siempre he creído que así deben ser los matrimonios. Debe haber compañerismo, amistad…

–Parece que tú y yo compartimos la misma visión del matrimonio –dijo Diego en voz baja–. Cuando era niño, también deseé tener unos padres que se amaran y que se preocuparan por mí. Creo que por el bien de nuestro hijo deberíamos ser amigos, Rachel, y tener la clase de matrimonio que has descrito.

Ella se quedó mirándolo en silencio. Tenía la impresión reflejada en la cara.

–Una vez ya fuimos amigos –le recordó él–. Hasta el día que acudimos a Ascot teníamos una buena relación –añadió, recordando lo mucho que la había echado de menos cuando ella lo abandonó–. Por cierto, terminé mi relación de amistad con Guy Chetwin. Lo amenacé con ejercer acciones legales si volvía a insultarte.

Rachel sintió cierto placer ante el hecho de que Diego la hubiera defendido. Era cierto que habían compartido una bonita amistad y un increíble sexo mientras él había estado en Hardwick, pero para ella había sido mucho más que eso. Se había enamorado de él. Pero Diego le había dejado claro que jamás había planeado que su relación le llevara a tener ningún compromiso.

–Que nos casemos es una mala idea –aseguró, pensando que casarse con un hombre que jamás la amaría sería un suicidio emocional–. Nunca funcionaría –añadió. Se sintió muy débil y con todo el cuerpo dolorido debido a la gripe. Deseó que él se marchara y la dejara tranquila.

–¿Entonces qué sugieres? –exigió saber Diego–. Llevas en tu vientre al heredero de la fortuna Ortega. Quiero que nuestro hijo nazca legítimamente y estoy dispuesto a formar parte activa de su vida. ¿Realmente puedes negarle al bebé sus legítimos derechos?

–No sé qué hacer –admitió ella, sintiendo como si le fuera a explotar la cabeza debido al dolor tan intenso que tenía–. No es sólo una cuestión de casarse. Me tendría que ir a vivir a un país extraño al otro lado del mundo…

–Argentina no es un país extraño –aseguró Diego, esbozando una sonrisa–. Es un país precioso y vibrante. Te prometo que te enamorarás de él, querida.

Tras decir aquello, se quedó muy impresionado al ver cómo una lágrima le cayó a Rachel por la mejilla. Se sintió culpable. Sabía que ella no se encontraba bien y si quería ser justo debía esperar a que se recuperara antes de exigirle una respuesta. Pero pensó que la vida no era siempre justa. Quería a su hijo y ello significaba que debía convencer a Rachel de que se casara con él.

Se sentó en la cama y la abrazó, sorprendido ante el hecho de que ella no opuso ninguna resistencia. Aquella tranquila Rachel pronto desaparecería… en cuanto el virus de la gripe la abandonara. Pero él aprovechó el momento y le acarició su larga melena rubia.

Había olvidado lo sedoso que era su pelo y lo suave que era su piel, piel que tocó al secarle una lágrima de la mejilla. Notó cómo sus rebosantes pechos le presionaron el torso y se sintió invadido por el deseo. No comprendió cómo estando ella embarazada y ardiendo de fiebre él se sintió tan excitado. Su deseo de ella era una complicación inesperada.

–Permíteme que me ocupe del bebé y de ti –murmuró, acariciándole el pelo con los labios.

Al sentir los fuertes brazos de él alrededor de su cuerpo, Rachel deseó con desesperación que Diego la protegiera. Si era sincera consigo misma, debía admitir que tenía mucho miedo al futuro y que estaba cansada de actuar como una valiente. No quería ser madre soltera, pero tampoco quería entregar su bebé en adopción. Sólo de pensarlo se puso enferma.

–¿Cuándo tenías en mente que nos casáramos? –le preguntó, poniéndose una mano en la tripa.

Él puso su mano junto a la de ella.

–Realizaré los preparativos necesarios de inmediato –respondió–. No tenemos mucho tiempo.

Capítulo 9

AQUEL mismo día se dirigieron en coche al ático londinense de Diego. Rachel durmió durante la mayor parte del trayecto y estuvo en cama durante la semana siguiente. Se sentía tan débil debido a la gripe que ni siquiera discutió cuando él le llevó en bandeja la comida a la cama en numerosas ocasiones. En realidad le encantó que la mimara. Cada vez que le sonreía se derretía por él y, cuando le acomodaba las almohadas para que estuviera más cómoda, ella deseaba que la besara. Pero nunca lo hizo.

Pensó que Diego se comportaba de una manera educada y encantadora ya que había conseguido que se casara con él, pero nada sugirió que la encontrara sexualmente atractiva.

Tres semanas después, la mañana de su boda, Rachel pensó que no era extraño que él no la encontrara atractiva. Se había comprado un bonito vestido azul de premamá con un abrigo a juego, que estaba diseñado para tratar de ocultar el hecho de que estaba embarazada. Pero aun así se sintió muy pesada y reconoció que su enorme tripa no era en absoluto sexy.

–Podemos ser unos buenos padres para el bebé sin estar casados –le había dicho a Diego cuando éste le había informado de que viajarían a Argentina tras la ceremonia civil de su boda.

Pero los resultados de la prueba de ADN que él había insistido que se realizara, habían demostrado sin ningún género de duda que era el padre del bebé.

–¿Entonces qué sugieres? –había exigido saber Diego cuando ella admitió tener dudas acerca de la boda–. ¿Que te compre un apartamento en Buenos Aires, ciudad en la que no conoces a nadie, para que yo pueda visitar a mi hijo dos fines de semana al mes? ¿O estabas pensando en quedarte en Inglaterra y enviar a nuestro hijo de vacaciones a Argentina? Si ésa es la clase de vida que quieres para nuestro hijo, lucharé por obtener la custodia y criaré solo al bebé en Argentina.

–No te darían la custodia –aseguró Rachel, impresionada ante la fría determinación de Diego. Éste había sido muy amable con ella mientras había estado enferma pero, en aquel momento en el que ya se había recuperado, había vuelto a ser frío e implacable.

–El verbo «perder» no aparece en mi vocabulario, querida. Puedo permitirme pagar los mejores abogados y el hecho de que tú hayas considerado entregar el bebé en adopción sería una razón muy poderosa para impedir que el niño se quedara contigo.

–¡Pero tú sabes que sólo consideré esa posibilidad porque pensé que nuestro hijo tendría una vida mejor con unos padres adoptivos que conmigo! –gritó Rachel–. Simplemente quería lo mejor para el bebé.

–Entonces deja de pelear conmigo –le ordenó Diego–. No es bueno para tu presión arterial.

La boda se celebró en el Registro Civil de Westminster a las once en punto de la mañana. Era viernes. Los testigos fueron el chófer de Diego y el ama de llaves de su ático londinense. Rachel había rechazado la oferta de él de que invitara a su familia. Le había explicado que sus padres no podían estar en la misma sala sin comenzar a discutir.

Pensó que de alguna manera aquel matrimonio debía funcionar. No quería hacer pasar a su hijo por la miseria de un divorcio; por su bebé iba a poner todo de su parte para adaptarse a un país extranjero y vivir con un hombre que no la amaba.

Antes de celebrarse la ceremonia, Diego la había sorprendido ya que le había entregado un ramo de rosas amarillas, hecho que la había conmovido profundamente.

Mientras estaban delante del juez, ella se sintió muy nerviosa. Se percató de que Diego estaba muy elegante vestido con un traje gris y deseó que la abrazara y besara como ella deseaba en vez de darle un frío beso.

Inmediatamente después de la ceremonia, él la guió hacia la limusina que los esperaba para llevarlos al aeropuerto. El mismo doctor que había realizado la prueba de paternidad había firmado un consentimiento especial para que ella pudiera volar. Lo necesitaba debido a su tan avanzado estado de gestación.

Justo cuando estaban llegando a Heathrow, Diego se giró hacia ella y le entregó una pequeña cajita de terciopelo.

–Tu regalo de boda –murmuró, percatándose de que Rachel todavía estaba pálida.

Esbozando una burlona sonrisa, reconoció para sí mismo que había conseguido tener una esposa a la que deseaba más que a ninguna otra mujer. Pensó que se habría reído si alguien le hubiera dicho seis meses atrás que estaría sin dormir noche tras noche fantaseando con hacerle el amor a una mujer que estaba en el último periodo de su embarazado. Pero era cierto. Deseaba tumbarse junto a Rachel para acariciarle la tripa y los pechos, que habían aumentado considerablemente de tamaño. Anhelaba separarle las piernas y colocarse entre ellas…

Pero algo dentro de él le advirtió que no estaría bien sugerir que ella compartiera su cama. Rachel ya no era su amante, sino la madre de su hijo, y se sentía muy responsable de ella.

–Ábrelo –murmuró al observar que Rachel se había quedado simplemente mirando la cajita.

Con torpeza, ella abrió la cajita y se quedó sin aliento al ver el precioso anillo de zafiros y diamantes que había dentro.

–Es increíble –dijo. Aquel anillo era la pieza de joyería más espectacular que jamás había visto.

–Sé que debería haberte comprado un anillo de compromiso antes de la boda, pero este anillo es un encargo que he hecho para que combine con una gargantilla del mismo diseño. Nos han invitado a numerosos acontecimientos sociales que se celebraran en Buenos Aires durante las navidades y necesitarás tener unas joyas bonitas –explicó él.

Pero al decirle aquello, terminó con la leve esperanza que había albergado Rachel de que le hubiera regalado aquel anillo porque tuviera sentimientos hacia ella.

Entonces él le levantó la mano y le puso el anillo junto a su alianza matrimonial.

–¿A qué distancia está tu rancho de Buenos Aires? –preguntó ella, curiosa.

–La Estancia Elvira está a más o menos cien kilómetros al norte de la ciudad. Se tarda poco más de una hora en llegar, pero yo normalmente voy en helicóptero.

–No comprendo –comentó Rachel, frunciendo el ceño–. Tú vives en la Estancia… ¿no es así?

–No, prefiero vivir en la ciudad –respondió Diego–. Tengo un ático en Puerto Madero, un barrio de Buenos Aires. Tiene unas vistas estupendas del puerto y de la ciudad. Está en el piso cuarenta y dos. Las tiendas y la vida nocturna que hay alrededor son excelentes.

Ella se vino abajo. No le gustaban las alturas ni las tiendas llenas de gente. Y no le pareció muy apetecible la idea de ir a un club nocturno dado su avanzado estado de gestación.

–Pero de vez en cuando pasaremos algunos días en la Estancia, ¿verdad? –presionó.

–Quizá te lleve allí después del nacimiento del bebé. Pero por ahora será mejor que nos quedemos en la ciudad, cerca de los servicios que ésta ofrece. Las carreteras son buenas, pero la Estancia sigue estando muy lejos de los hospitales –contestó Diego, pensando que aquel lugar también guardaba demasiados recuerdos. Cuando estaba allí se concentraba en los establos, en los caballos, pero la hacienda en la cual Eduardo y él habían pasado su niñez le bombardeaba con multitud de recuerdos. En ocasiones hasta le parecía oír el eco de la voz de su hermano por los pasillos.

Tardaron catorce horas en llegar a Argentina, aunque el avión realizó una breve escala en el aeropuerto Sao Paolo, Brasil. Cuando finalmente llegaron a Buenos Aires, a Rachel le sorprendió lo grande que era la ciudad y la cantidad de rascacielos que había.

Cuando bajaron del avión, el calor y la humedad que hacía también supusieron una gran impresión para ella ya que habían dejado Inglaterra en pleno invierno.

–En el ático hay aire acondicionado –explicó Diego al preguntar Rachel si siempre hacía tanto calor–. Y el edificio dispone de piscina y gimnasio.

Cuando por fin llegaron al ático de él, ella se percató de que éste tenía unas alfombras color crema y unos sofás de seda que tal vez no fueran a resistir bien los pegajosos dedos de su bebé.

–Pareces agotada –comentó Diego lacónicamente. Entonces la abrazó y la guió por el pasillo del ático–. Te voy a enseñar tu dormitorio para que puedas descansar durante un par de horas. Esta noche cenaremos en uno de mis restaurantes favoritos y, si te apetece, te enseñaré un poco la zona.

Rachel asintió con la cabeza y sintió cómo se le revolucionó el corazón al abrazarla él. Cuando éste la ayudó a tumbarse sobre el bonito cubrecamas rosa del dormitorio que iba a ocupar, deseó que se tumbara a su lado. Pero Diego se apartó de ella apresuradamente.

Asombrada, Rachel se dio cuenta de que adaptarse a su nueva vida en Argentina no resultó ser tan duro como había pensado. Diego había anulado su participación en el siguiente torneo de polo en el que iba a haber jugado, ya que hubiera implicado tener que volar a las Bahamas casi de inmediato. Lo que hizo en vez de viajar fue ofrecerle a ella varias visitas por la ciudad.

–Te darás cuenta de que Buenos Aires es una ciudad cosmopolita con una fuerte influencia europea –le explicó mientras andaban por el barrio de La Boca–. Los porteños, como se llama a los habitantes de Buenos Aires, son una población multicultural y aquí podrás oír hablar incluso italiano y alemán.

Rachel se sintió un poco avergonzada al tener que admitir que nunca antes había salido de Inglaterra. Le encantó Buenos Aires. Sintió cómo le dio un vuelco el corazón al entrelazar Diego los dedos con los suyos un día mientras paseaban por el viejo barrio de San Telmo. Le maravilló la ciudad, pero estuvo menos entusiasmada cuando él la llevó de compras.

La Avenida Alvear albergaba muchas de las tiendas de lujo de Buenos Aires. Diego la alentó a entrar en Prada, Louis Vuitton y Versace, donde ella se probó varios increíbles, pero ridículamente caros vestidos de futura mamá.

–Dentro de unas pocas semanas ya no necesitaré ropa premamá - protestó.

–Ya te he explicado que nos han invitado a varios eventos sociales –contestó él–. Mañana por la tarde uno de mis mejores amigos, Federico, y su esposa, Juana, van a ofrecer una fiesta para celebrar nuestro matrimonio. Te caerán bien Rico y Juana. Tienen una hija de dos años, Ana, y Juana acaba de anunciar que está embarazada de nuevo.

Federico González y su esposa vivían en una enorme casa de estilo español en uno de los barrios residenciales de la ciudad... y resultaron ser tan amistosos y encantadores como había prometido Diego. Juana era muy guapa aunque ya estaba gordita.

–Engordé muchos kilos cuando estuve embarazada de Ana –le confió a Rachel–. Y ahora hay otro bebé en camino. Afortunadamente Rico dice que le gusto gordita.

Rachel agradeció el hecho de que Juana fuera tan sencilla ya que la mayoría del resto de amigos de Diego eran miembros de la jet set cuya riqueza y sofisticación le hacían sentir muy torpe.

–¿Dónde te habías escondido? –le preguntó Diego en un momento de la fiesta tras haber estado buscándola.

–Subí con Juana al dormitorio de la pequeña Ana para conocerla. Es un bebé encantador –contestó Rachel, esbozando una dulce expresión al pensar en la angelical pequeñina.

Él admiró lo absolutamente encantadora que estaba ella aquel día. Estaba preciosa. Había elegido un vestido azul que le quedaba perfecto. Pero había algo más. Rachel estaba serena y levemente distante, como si solamente pensara en el bebé que llevaba en sus entrañas. Diego se dio cuenta de que quería ser incluido en aquel vínculo especial y secreto que unía a su esposa y a su hijo.

En ese momento el bebé dio una patadita que causó un movimiento incluso visible por encima del vestido. Impresionado, Diego se quedó mirando la tripa de ella.

–¿Eso ha sido...? ¿No te duele?

–En realidad no, pero las patadas son cada vez más fuertes.

–¿Puedo...? –preguntó él, colocando la mano sobre el estómago de ella.

Emocionada, Rachel asintió con la cabeza. La calidez que desprendió la mano de Diego fue muy tentadora. Se le revolucionó el corazón y pensó que hacía mucho que él no la tocaba. Entonces sintió cómo el bebé dio otra patadita y miró a su marido a los ojos. Se le encogió el corazón al percatarse de la emoción que reflejó la mirada de éste. No cabía duda de que él iba a querer a su hijo. Pero no supo si alguna vez llegaría a amarla a ella.

–Obviamente nuestro hijo va a hacer carrera como futbolista –murmuró Diego.

–O nuestra hija tal vez sea bailarina –contestó Rachel.

–Una cosa está clara; él o ella está destinado a ser obstinado u obstinada... como su madre –comentó Diego, riéndose.

–Supongo que te gustaría que yo fuera dócil y manejable, que estuviera de acuerdo con todo lo que dices.

–Me gustas tal y como eres, querida –dijo él en voz baja.

Rachel no supo qué responder ante aquella sorprendente declaración, pero la calidez que reflejó la mirada de Diego le hizo albergar la esperanza de que tal vez podrían ser felices. En ese momento él se acercó y le dio un delicado beso en los labios. Ella lo abrazó por la cintura, temerosa de que quisiera apartarla, pero lo que hizo Diego fue delinearle los labios con la lengua antes de tomarle la boca con pasión en un beso que a ella le llegó al alma.

Cuando por fin dejó de besarla, a él le sorprendió la dulcemente seductora sensación que se había apoderado de su cuerpo. Deseó sacar a Rachel al jardín para poder acariciar con libertad su hermoso cuerpo embarazado. Pero haciendo uso de toda su fuerza de voluntad, se apartó de ella y le acarició sus hinchados labios.

–Voy a buscar algo de beber –dijo–. ¿Estarás bien si te dejo sola durante un par de minutos?

–Desde luego –contestó Rachel. Entonces observó cómo él se alejó por la sala y se sintió apesadumbrada al observar cómo lo miraban las mujeres.

Un camarero se acercó a ella y le ofreció una selección de dulces. Rachel no pudo resistirse ante los churros y los alfajores.

–Voy a ponerme enorme si sigo comiendo estos dulces –le dijo a Juana, la cual acababa de acercarse a ella.

Juana esbozó una leve sonrisa, pero sus ojos reflejaron cierta preocupación.

–Rachel… Lorena Ortega acaba de llegar y quiere conocerte –comentó, esbozando una mueca–. Lorena es la madre de Diego. Tuve que invitarla a la fiesta, claro está, pero me dijo que no iba a venir. No puedo creer que finalmente haya aparecido por aquí. Supongo que sabes que Diego y ella no se llevan bien. Nunca tuvieron una buena relación, ni siquiera cuando Diego era un niño, y claro, después del accidente... bueno... No es ningún secreto que Lorena adoraba a Eduardo y rechazaba a Diego. El problema es que ha pedido verte a solas, pero tú no tienes por qué acceder. Quise advertirle a Diego de que ella estaba aquí... pero Federico se lo ha llevado para enseñarle su nuevo juguete y, conociendo a mi marido y su obsesión por los coches, podrían estar horas.

–No tengo ningún problema en conocer a la madre de Diego –contestó Rachel, encogiéndose de hombros. En realidad sintió mucha curiosidad por conocer a Lorena Ortega.

Siguió a Juana por un pasillo y ambas entraron en lo que supuso era el despacho de Federico.

–Lorena, ésta es Rachel –la presentó Juana.

La madre de Diego debió haber sido una belleza de joven. Todavía conservaba unas clásicamente esculpidas facciones y una envidiable estilizada figura. Pero la expresión de su cara era muy seria y estaba esbozando una mueca. Rachel se percató de que estaba ebria. Observó cómo se bebió de un trago una copa y cómo la dejó sobre una mesa con la mano temblorosa.

–Así que tú eres la mujercita de Diego –comentó Lorena, mirándola de arriba abajo. A continuación emitió una amarga risotada–. Y estás embarazada. Bueno, me sorprende que no haya pasado antes. La lista de amantes de mi hijo es legendaria.

Tras decir aquello, agitó la mano para indicarle a Rachel que se sentara. Se sirvió más brandy a sí misma.

–¿Te gustaría beber algo?

–No, gracias –contestó Rachel, llevándose instintivamente una mano a la tripa.

–No eres más que una niña –dijo Lorena, frunciendo el ceño–. Una niña a la que, sin duda, sedujo un hombre que debió haber actuado de otra manera.

–Eso no es cierto –respondió Rachel con firmeza–. Diego no me sedujo. Yo sabía lo que estaba haciendo.

–Tu fidelidad es conmovedora, pero me temo que no será correspondida. Yo tenía más o menos tu edad cuando conocí al padre de Diego. Era joven, ingenua y me enamoré perdidamente. Pero Ricardo era un playboy y un oportunista. Él no me quería a mí, sino que quería mi dinero. Mi padre descubrió sus intenciones de inmediato, pero ya fue demasiado tarde. Yo estaba embarazada y loca de amor por Ricardo. Me sentí muy agradecida cuando me ofreció casarse conmigo.

Lorena hizo una pausa para dar un sorbo a su bebida.

–Al principio yo no sabía nada de sus otras mujeres –espetó–. Pero según fueron pasando los meses y mi embarazo avanzó, Ricardo no se preocupó en ocultar sus frecuentes visitas a Buenos Aires. Siempre he pensado que si sólo hubiera tenido un hijo, si sólo hubiera tenido a Eduardo, tal vez habría sido capaz de mantener el interés de Ricardo –confesó–. ¿Pero qué hombre quiere hacerle el amor a una mujer cuyo cuerpo está hinchado y feo? Yo no tuve un bebé, tuve dos, y dar a luz a Diego casi me mató.

–Pero no puede echarle la culpa a Diego de eso, ni tampoco de la infidelidad de su esposo –contestó Rachel, impresionada ante todo aquello–. ¿Cómo puede nadie culpar a un bebé de nada? –añadió. Pero entonces recordó lo casi resentida que se había sentido ella misma con el bebé que llevaba dentro de sí cuando, al enterarse de que estaba embarazada, había tenido que renunciar a su trabajo y a Piran. Pensó que gracias a Dios había entrado en razón.

–Si sólo hubiera tenido a Eduardo… –murmuró Lorena. Entonces miró fijamente a Rachel–. Diego es como su padre, recuérdalo. Nunca le ha sido fiel a ninguna mujer durante mucho tiempo y eres tonta si crees que va a comenzar a serlo ahora. Siempre fue muy imprudente, mientras que Eduardo fue el mejor hijo que una madre puede desear. Pero ahora Eduardo está muerto… por culpa de Diego. Él le mandó a la muerte…

–¿Qué quiere decir…? –quiso saber Rachel. Sintió cómo se le aceleró el corazón. Pero entonces oyó un ruido tras ella y se giró.

Diego entró en el despacho.

–Hola, madre –dijo, mirando la botella de brandy vacía que había sobre la mesa–. Veo que has estado celebrando mi boda. ¿Es demasiado esperar que hayas estado bebiendo a mi salud?

–Tal vez haya estado compadeciendo a tu esposa por su elección de marido –espetó Lorena.

–Supongo que sin duda le habrás advertido de que soy un mujeriego como mi padre, ¿verdad?

–Bueno, ésa es la verdad, ¿no es así, Diego? –contestó Lorena, mirando a su hijo.

A Rachel le impactó percatarse del resentimiento que reflejaron los ojos de la mujer.

–Ricardo y tú estáis cortados por el mismo patrón –continuó Lorena–. Tu padre incluso murió en los brazos de una de sus mujerzuelas. Siempre supe que la cocaína lo mataría.

Diego se acercó a Rachel y la abrazó por la cintura. Ella agradeció aquel gesto y sintió cómo la calma que transmitió él la tranquilizó.

–Me voy a llevar a Rachel a casa –comentó Diego–.

Ha sido una velada muy larga y estoy seguro de que está cansada.

Entonces guió a Rachel hasta la puerta del despacho, donde se detuvo y miró a su madre.

–Mi hijo es tu nieto, madre. ¿No crees que deberías tratar de olvidar el pasado y ser parte de la vida del bebé?

Lorena emitió una sonora risotada.

–Jamás olvidaré nada –dijo–. Eduardo nunca se casará ni tendrá hijos –añadió con la histeria reflejada en la voz–. Todo le fue arrebatado cuando…

Rachel se percató de que Diego se había quedado pálido y de que sus ojos reflejaron una profunda agonía. Pero éste camufló rápidamente sus sentimientos y asintió con la cabeza ante su madre.

–Adiós, madre –murmuró antes de sacar a su esposa de la sala.

Capítulo 10

DURANTE el trayecto de regreso al ático, Rachel no se sintió con ganas de hablar, por lo que cerró los ojos y fingió estar dormida. Pero no pudo dejar de pensar que estaba claro que Lorena le echaba la culpa a Diego de la muerte de su hermano gemelo.

–Sabía que te caería bien Juana –comentó él cuando llegaron al ático. Pareció que quiso evitar hablar de su madre y de su hermano fallecido.

Pero Rachel observó cómo se dirigió al bar que había en el salón y cómo se sirvió bastante brandy en una copa. Le recordó a su madre y no pudo evitar estremecerse.

–¿Te gustaría beber algo? Puedo prepararte un té –sugirió Diego, esbozando una sonrisa. Había aprendido a preparar té y lo hacía cada mañana y por las tardes.

–No, gracias. Me voy directamente a la cama –contestó ella débilmente.

Él frunció el ceño y se percató de lo tensa que estaba Rachel. En el coche había parecido tranquila, por lo que él había asumido que la charla con su madre no le había afectado tanto como había temido. Pero obviamente se había equivocado.

–¿Qué ocurre, Rachel? Aunque en realidad ya lo sé –dijo–. Tal vez debería preguntarte qué es lo que te ha dicho mi madre.

Ella no se sintió con fuerzas de revelarle a su esposo que su madre lo había acusado de matar a su propio hermano. Pensó que seguramente serían simplemente las divagaciones de una persona ebria y llena de rencor.

–Tu madre me ha dicho que tu lista de amantes es legendaria… y que jamás le serás fiel a ninguna mujer –optó por decir.

–Y tú la creíste… aunque nunca antes la habías conocido y era obvio que había bebido demasiado –respondió Diego, dirigiéndole una arrogante mirada–. Gracias por tu fe en mí.

Rachel se percató de que él la estaba mirando por encima del hombro como si fuera una mota de polvo en su zapato. Quiso asegurarle que no, que no había creído ni una palabra de lo que le había dicho su madre, pero no pudo olvidar la fotografía que había visto de él en el periódico, fotografía en la que aparecía rodeado de bellas modelos.

–¿Has estado con otras mujeres después de haber estado conmigo?

–No creo que eso sea asunto tuyo –contestó Diego con una fría expresión reflejada en la cara–. Tú me abandonaste, ¿recuerdas?

–No me importa con cuantas mujeres te hayas acostado antes de que nos casáramos –respondió ella, enfurecida–. Pero ahora soy tu esposa y si piensas que me voy a hacer la ciega ante tus escarceos extramaritales, estás muy equivocado.

–Quizá deba recordarte que no estás en situación de imponer ni de exigir nada acerca de nuestro matrimonio –comentó él. Fue incapaz de ocultar su enfado–. Me casé contigo por mi hijo y si alguna vez decido terminar con este matrimonio, obtendré la custodia del niño. Pero no veo que haya ninguna razón por la que tengamos que llegar a esa situación –murmuró al observar lo pálida que se había quedado Rachel–. Ambos queremos ser buenos padres y darle a nuestro hijo la estabilidad que nosotros mismos no tuvimos cuando fuimos pequeños.

En ese momento hizo una pausa y se acercó a acariciarle el pelo a su esposa.

–A pesar de la impresión que ha creado en ti mi madre de que soy un playboy empedernido como mi padre, te doy mi palabra de que estoy decidido a ser un marido fiel y leal –aseguró, abrazando a Rachel por la cintura con su otra mano. Sus ojos reflejaron una gran sensualidad–. He sido paciente, querida. He esperado a que recuperaras las fuerzas tras tu enfermedad, pero ha llegado el momento de hacer que este matrimonio sea real... para que no te quepa ninguna duda de que quiero complacer a mi esposa en todas las maneras que sé que le gusta.

–Diego... –comenzó a decir ella, ruborizada. Pero no pudo continuar ya que él tomó su boca en un apasionado beso que borró de su mente el miedo que había tenido a que ya no la deseara.

Pensó que habían pasado muchos meses desde que él no la besaba como era debido, meses durante los cuales habían ocurrido muchas cosas. Amaba a su marido, pero él no la amaba a ella. Sólo la deseaba.

Apretó los labios para evitar que Diego introdujera la lengua en su boca, pero él decidió cambiar de táctica. En vez de tratar de forzarla a que separara los labios, comenzó a incitarla al darle unos suaves y seductores besos con los que finalmente terminó con su resistencia.

Rachel lo abrazó por el cuello y pensó que con él se sentía segura, pero al mismo tiempo fue consciente de estar en peligro mortal de sucumbir ante su potente masculinidad.

Diego le besó la mejilla, la barbilla y la garganta.

–Me encanta lo que el embarazo le ha hecho a tu cuerpo –murmuró, acariciándole un pecho.

Ella sintió cómo se le endurecieron los pezones.

–Estás más guapa que nunca, querida –comentó él.

Rachel colocó las manos en el pecho de Diego y sintió la calidez que transmitió su piel a través de la camisa. Pensó que fuera lo que fuera lo que había ocurrido en el pasado, él estaba con ella y le había jurado que iba a serle fiel; no la amaba, pero quería hacerle el amor. No fue capaz de seguir negando la necesidad de estar con su esposo. Suspiró cuando él volvió a besarla en la boca.

No pudo luchar contra la insidiosa pasión que se apoderó de sus venas, de sus pechos… ni contra el deseo que se apoderó de su entrepierna. Despacio, abrió la boca y oyó el profundo gemido que emitió Diego al introducir la lengua en su húmeda calidez. Estuvo besándola hasta que ella tembló de placer. Entonces la tomó en brazos con mucha naturalidad y la llevó al dormitorio principal, donde la dejó sobre la cama. Ella le acarició el pelo y lo incitó para que se colocara sobre su cuerpo.

Diego la deseaba y nada más pareció importar ya que Rachel también lo deseaba a él. Sintió tanta desesperación por acariciarle la piel que le abrió la camisa de un tirón y palpó los músculos de su abdomen.

–Despacio –le pidió él–. Debemos tener cuidado con el bebé.

Pero Rachel no quiso tener cuidado. El bebé estaba a salvo dentro de su cuerpo y ella se sintió invadida por una intensa necesidad. Se tumbó de lado para que Diego le bajara la cremallera del vestido. Contuvo la respiración cuando él le bajó la delicada tela por los hombros y expuso su sujetador negro de encaje.

–Bella –gruñó Diego, observando cómo los pezones de ella se marcaron por debajo del encaje. Entonces le desabrochó y le quitó el sujetador. Gimió al cubrir aquellos magníficos pechos con las manos–. Hacía mucho que no estábamos juntos y te deseo ardientemente –le advirtió.

En ese momento bajó la cabeza y se introdujo uno de los endurecidos pezones de su esposa en la boca. Las sensaciones que provocó en ella la llevaron a levantar las caderas en una abierta invitación. Cuando tomó su otro pezón con la boca y jugueteó con él con la lengua, Rachel gimió de placer y sujetó contra su pecho la cabeza de su marido para que continuara dándole placer. Sintió cómo el calor se apoderó de su entrepierna. Estaba desesperada porque la tocara en el centro de su feminidad.

–No me lo quites –imploró cuando él comenzó a deslizarle el vestido por debajo de las caderas–. Parezco una ballena.

–No es cierto. Tienes un aspecto exquisito –contestó Diego, dejando caer el vestido al suelo. A continuación acarició la tripa de su esposa de manera posesiva–. Dios, Rachel, llevas a mi hijo en tus entrañas y jamás estarás más guapa de lo que lo estás ahora –añadió, besándola.

Ella sintió que aquel beso estuvo lleno de ternura, así como también de pasión. Levantó las caderas para que él pudiera quitarle las braguitas. Gimió de placer al separarle Diego las piernas y probar delicadamente el sabor de los húmedos pliegues de su feminidad.

–Por favor, Diego… ahora –le suplicó, susurrando.

La necesidad que reflejó su voz impulsó a su esposo a levantarse y quitarse la ropa. Entonces se tumbó junto a ella.

Ver la potente erección de él todavía conseguía dejar a Rachel sin aliento. Se estremeció al acariciarle el oscuro vello que cubría su pecho y comenzó a bajar la mano hasta llegar a su erecto sexo.

Pero al mirar su estómago, se preguntó a sí misma cómo iban a hacerlo.

Diego se percató de que ella había fruncido levemente el ceño y sonrió.

–Vamos a hacerlo así... –dijo como si le hubiera leído los pensamientos.

La ayudó a moverse hasta que estuvo sentada en el borde de la cama con los pies apoyados en el suelo. Entonces se levantó, le separó los muslos y se colocó entre éstos. Le puso a Rachel una mano por debajo del trasero y, al levantarla, se echó para delante y la penetró con cuidado. La llenó tan profundamente que ella emitió un leve sollozo de placer. Pero él lo malinterpretó y se quedó quieto.

–¿Te estoy haciendo daño?

–Sólo si paras. No me voy a romper. Soy fuerte y estoy en forma. Quiero que me hagas el amor como es debido –contestó Rachel, aferrándose a los hombros de Diego–. Por favor...

La sensación de sentirlo moviéndose dentro de ella era tan exquisita que deseó que no terminara nunca. Él comenzó a hacerle el amor cada vez con más intensidad y aceleró el ritmo hasta que ella se sintió embargada por un placer extremadamente intenso, un placer que no podía durar mucho más. Finalmente se encontró al borde del éxtasis. Los espasmos que comenzaron como pequeños temblores terminaron en una explosión de sensaciones, en un intenso clímax.

Sólo entonces, cuando Diego la había llevado a las alturas, fue cuando él se dejó llevar. Apretó el trasero de Rachel con firmeza y, al sentir cómo los exquisitos espasmos de la vagina de ella apretaron su erecto miembro, emitió un profundo gemido y perdió el control...

Durante un momento reposó su peso en Rachel, pero al notar que para ella no debía ser muy cómodo se apartó de su cuerpo. La ayudó a tumbarse en la cama y la abrazó.

Al apoyar la cabeza en el pecho de Diego ella pensó lo mucho que amaba a aquel hombre. Finalmente aceptó que no tenía sentido tratar de luchar contra sus sentimientos. Cuando él le acarició el pelo, sintió la leve esperanza de que tal vez se preocupara un poco por ella.

–¿Con cuántas mujeres te has acostado desde que estuviste conmigo?

–Con ninguna –contestó Diego–. Maldita sea, Rachel. El sexo contigo siempre fue explosivo... tal y como acabo de confirmar. No me importa admitir que me excitas más que ninguna otra mujer.

Ella no pudo evitar esbozar una sonrisa.

–¿Estás contenta? –preguntó él.

¡Oh, sí! Rachel estaba más contenta de lo que había creído posible. Era consciente de que el hecho de que Diego no se hubiera acostado con otras mujeres tras estar con ella no implicaba que la amara, pero por lo menos ya no se sintió celosa. Aunque había otra cosa que le preocupaba. No quería sacar el tema de la muerte de Eduardo, pero había sido incapaz de olvidar la acusación que había realizado Lorena Ortega...

–¿Qué ocurre, querida? –preguntó Diego al percatarse de que ella estaba preocupada.

–¿Cómo murió Eduardo?

–¿Qué te ha hecho preguntar eso? –contestó él, apartándose inmediatamente de ella.

–Lo siento. Sólo tenía curiosidad –respondió Rachel–. Es algo que dijo tu madre...

–¿Qué dijo mi madre? –exigió saber Diego, mirándola con frialdad.

–Dijo que la muerte de Eduardo fue... fue culpa tuya. Pero yo sé que no puede ser cierto.

–Pero es cierto, Rachel –dijo él. Su voz ya no reflejó enfado, sino mucha tristeza–. Yo fui responsable de la muerte de Eduardo. No deliberadamente, desde luego. Eduardo era mi hermano gemelo. Éramos como dos mitades. Y cuando murió... –tuvo que dejar de hablar al revivir el casi insoportable dolor que había sentido al sacar el cuerpo sin vida de su hermano del río–. Cuando él murió, deseé haber muerto yo también –admitió–. Pero no morí y he tenido que vivir sabiendo que por culpa de mi temperamento y de mi irresponsabilidad, causé la muerte de la persona que más quería en este mundo.

Consciente de que se llevaría a la tumba su sentimiento de culpabilidad, Diego se levantó de la cama y se puso la ropa. Recordar la muerte de su hermano le hacía ser consciente de que no tenía derecho a ser feliz ya que por su culpa Eduardo había perdido la vida.

Miró a Rachel y se percató de la compasión que reflejaron sus ojos. Pero él no quería compasión. No se la merecía. Repentinamente se sintió incapaz de seguir junto a ella. Pensó que no se merecía tener una mujer tan bella como ella cuando Eduardo no tenía nada.

–¿Dónde vas? –quiso saber Rachel al ver que Diego se dirigió hacia la puerta.

–Tengo que marcharme pronto por la mañana para participar en un torneo de polo en Sudáfrica. No quiero molestarte, así que dormiré en la habitación de invitados.

–¡Sudáfrica! ¿Por qué no me lo habías dicho antes? –preguntó ella, temblorosa.

Él se encogió de hombros y se negó a admitir que,

hasta hacía cinco minutos, había decidido no participar en el torneo para poder quedarse con ella.

–Ya sabes que participo en torneos por todo el mundo. Me temo que vas a tener que acostumbrarte a que yo me marche con muy poco tiempo de antelación.

–¿Durante cuánto tiempo estarás fuera? Tenemos cosas que discutir –dijo Rachel, desesperada–. Tu hermano…

–Lo que ocurrió con Eduardo no es problema tuyo –interrumpió Diego–. En lo único que debes pensar es en el bebé. Estaré fuera durante una semana. Le voy a pedir a Juana González que venga a visitarte. Entre eso y tus clases prenatales, estarás demasiado ocupada como para echarme de menos, querida.

Rachel se ruborizó. Se preguntó si él no sabía que estaría contando los días hasta su regreso.

Se sentó en la cama y se echó el pelo para atrás. Sintió una fugaz sensación de triunfo al observar cómo la mirada de Diego se posó sobre sus pechos.

–Estoy segura de que no tendré tiempo de pensar en ti –aseguró–. Ten un buen viaje.

Diego regresó a casa en Nochebuena. Saludó a Rachel con una fría educación. Al poco rato, ella se fue sola a la cama y estuvo llorando sobre la almohada.

Impresionada, a la mañana siguiente encontró muchos regalos bajo el árbol de Navidad. Le dio las gracias a su marido con formalidad al abrir una caja de terciopelo y ver que dentro había una gargantilla de perlas y diamantes con unos pendientes a juego, una pulsera de oro blanco y un anillo de platino con una gran esmeralda. Todo aquello debía haber costado una fortuna, pero ella no podía decirle que lo que realmente quería era un regalo que no tenía precio… su amor.

Pasaron el día de Navidad con Federico y Juana y durante los días siguientes asistieron a numerosas fiestas celebradas por los ricos amigos de Diego. Rachel se acostumbró a ser el centro de atención. Pero los amigos de él no sabían que cuando regresaban al ático, Diego siempre desaparecía en su despacho y dejaba claro el hecho de que estaba evitándola. Tampoco sabían que dormían en habitaciones separadas.

Una vez que pasaron las fiestas de Navidad, Diego normalmente se marchaba en helicóptero a su rancho al amanecer. Rachel pasaba los largos días hablando con Juana, la cual la visitaba con frecuencia o la invitaba a ir a su casa. Asistía a clases de preparación para el parto y compraba ropita para el bebé. Le impresionó la cantidad de parafernalia que se necesitaba para un bebé.

Pero el calor y la humedad de la ciudad la dejaban exhausta. Embarazada ya de treinta y seis semanas, pensó que si le crecía la tripa un poco más, explotaría. Quizá Diego pasaba tanto tiempo en la Estancia Elvira para evitar verla andando como un pato por el ático. Él había dicho que su embarazo le resultaba atractivo, pero ella no se sentía bella en absoluto, sino que se sentía enorme y muy sentimental, lo que explicaba su tendencia a llorar cuando nadie la veía.

Una mañana al despertarse, sintió gran añoranza de estar con caballos. Le había pedido en varias ocasiones a Diego que la llevara a la Estancia Elvira, pero éste siempre había puesto alguna excusa. Ignorando el dolor de espalda que la había despertado a primera hora de la mañana, decidió llamar al chófer para que la llevara a la Estancia...

Diego había pasado la mañana en el prado entrenando a unos potros de cuatro años para que se habituaran al mazo y a la pelota que se utilizaban en el polo. Pero en aquel momento el sol de mediodía estaba calentando demasiado y había que darles un descanso a los potros.

Mientras se dirigió con su ayudante, Carlos, hacia los establos para dejar allí los caballos, éste divisó algo en la distancia.

–Jefe… creo que tenemos visita.

–No tenemos ninguna cita para hoy –contestó Diego. Pero al seguir la mirada del muchacho se quedó impresionado–. ¡Santa madre! ¡Esa mujer podría poner a prueba la paciencia de un santo!

Entonces se acercó a ella a toda prisa sobre el caballo.

–¿Qué demonios estás haciendo aquí? –exigió saber al detenerse frente a Rachel.

Le pareció que ella estaba encantadora vestida con un elegante vestido de tirantes amarillo.

–Deberías haberte quedado en la ciudad. El bebé…

–No salgo de cuentas hasta dentro de un mes –contestó Rachel. Durante las anteriores semanas la preocupación de Diego por el bienestar del bebé la había vuelto loca–. En la ciudad hace mucho calor. Quería respirar aire puro y sentir la brisa en la cara. Esto es precioso –murmuró.

–Aquí también hace calor –gruñó Diego impacientemente–. Y veo que no has tenido el suficiente sentido común como para ponerte un sombrero. Será mejor que vayas a la casa. A Beatriz, el ama de llaves, le hará mucha ilusión conocerte.

–Ya la he conocido –respondió Rachel–. Cuando llegué, uno de los muchachos que trabajan en el rancho me enseñó los establos y la casa. Pero Beatriz ha salido. Me ha dicho que iba a visitar a su hermana, la cual vive en otra granja.

Él asintió con la cabeza.

–Me había olvidado. Va a visitar a su hermana cada semana –comentó–. Tengo que llevar el caballo a los establos. ¿Podrás ir andando hasta la casa? Te veré allí tan pronto como pueda.

–Estaré bien –le aseguró ella con firmeza. Decidió no comentarle que le dolía aún más la espalda que aquella mañana…

Capítulo 11

CUANDO Diego entró en la vivienda de la hacienda, no había rastro de Rachel. Buscó por todas las habitaciones de la planta inferior de la casa, pero no la encontró. Entonces subió apresuradamente las escaleras que llevaban a la segunda planta. Pensó que no quería estar allí, en aquella casa que le traía tantos recuerdos de su niñez. Lo que quería hacer era encontrar a Rachel y regresar con ella a la ciudad.

–Rachel… –la llamó con impaciencia.

–Estoy aquí.

Él siguió el sonido de aquella voz y se detuvo en la puerta del dormitorio que había frente al dormitorio principal.

–¿Qué haces aquí? –exigió saber.

Frunció el ceño al observar cómo ella estaba sacando ropa de una maleta y metiéndola en unos cajones.

–Estoy deshaciendo las maletas –contestó Rachel alegremente–. He traído suficientes cosas conmigo como para que podamos quedarnos durante un par de días. Beatriz me ha dicho que aquí tienes ropa de sobra y me parece una tontería regresar tan pronto a la ciudad –añadió. No le confesó que había planeado poner sus cosas en el dormitorio principal para que él se diera cuenta de que quería dormir a su lado, pero que en el último minuto no se había atrevido.

–Tanto si es una tontería como si no, es lo que vamos a hacer –respondió Diego–. No me apetece quedarme aquí y a ti te faltan sólo unas semanas para dar a luz, por lo que debes estar cerca de un hospital. Será mejor que vuelvas a hacer las maletas mientras le digo a Arturo que traiga el coche a la casa.

–No puedes hacerlo. Le ordené que regresara a Buenos Aires –murmuró ella–. Diego, no podemos seguir así… –añadió, temblorosa.

–¿Cómo?

–Contigo… estando tan frío y tan distante. No sé lo que pasó en tu pasado pero, mientras siga pesando sobre nosotros, no podemos comenzar a tener un futuro. Había pensado que éramos amigos. En pocas semanas nacerá nuestro hijo… el bebé al que juramos dar la infancia feliz que nosotros no tuvimos. Pero ahora… ¿podemos realmente hacerlo, Diego, cuando hay este terrible silencio entre ambos?

En ese momento los ojos de Rachel se llenaron de lágrimas, lágrimas que conmovieron a Diego. Éste se dio cuenta de que ella tenía razón; no podía continuar evitando su pasado. Odiaba el silencio que pesaba sobre ellos y echaba de menos la risa y la amena conversación de su esposa. Pero lo que no podía soportar era la soledad que se apoderaba de él todas las noches al tumbarse solo en la cama y desear que ella estuviera a su lado.

–No recuerdo que mi madre jamás me quisiera –comenzó a decir, dándose la vuelta y mirando por la ventana de la habitación–. Ella adoraba a Eduardo, pero según yo fui creciendo y mi apariencia física se pareció cada vez más a la de mi padre, pareció odiarme más. Mi madre había amado a mi padre, pero la infidelidad de éste le rompió el corazón y la dejó muy resentida.

Diego hizo una pausa antes de continuar hablando.

–Mi abuelo, Alonso, siempre creyó que mi padre se había casado con mi madre por dinero. Tras el amargo divorcio de mis padres, convenció a su hija para que volviera a utilizar su apellido de soltera… y ella también nos cambió el apellido a mi hermano y a mí. Pero aunque yo llevaba el apellido Ortega, el apellido de la familia, mi abuelo, al igual que mi madre, pensaba que mi parecido con mi padre iba más allá de la simple apariencia física. Nunca ocultó el hecho de que pretendía dejarle la Estancia Elvira solamente a Eduardo.

–Eso debió haber sido duro –comentó Rachel en voz baja–. Habría sido normal que hubieras sentido celos de Eduardo.

–Jamás sentí celos de él. Eduardo era mi hermano gemelo y formaba parte de mí. Pasábamos juntos todo el tiempo y compartíamos todo. No me importaba lo que nadie pensara de mí y, para serte sincero, el resentimiento que Lorena y Alonso sentían hacia mí disgustaba mucho más a mi hermano que a mí mismo. Pero yo discutía frecuentemente con mi abuelo. No importaba lo que yo hiciera ni lo mucho que me esforzara en complacerlos tanto a él como a mi madre. Sólo me consideraban un playboy irresponsable como mi padre.

Diego hizo de nuevo una pausa y se pasó una mano por el pelo.

–El día que murió Eduardo yo había tenido una terrible discusión con Alonso ya que éste no estaba de acuerdo con mi decisión de convertirme en jugador de polo. Yo estaba encolerizado –admitió con tristeza–. Fue una idea alocada salir en kayac cuando el río estaba tan agitado después de las lluvias de primavera. Eduardo trató de convencerme de que lo dejáramos, pero yo no lo escuché y finalmente incluso le grité que me dejara en paz.

Aunque Diego se sintió muy mal al hablar de todo

aquello, pensó que ya que había comenzado a explicarle lo que había ocurrido, debía terminar de hacerlo.

–Fue nuestra primera y única discusión –continuó–. Las últimas palabras que le dirigí a mi hermano fueron palabras de enfado y jamás olvidaré la expresión de dolor que reflejó su cara cuando lo aparté de mi lado. Continué por el río yo solo sin percatarme de que Eduardo me había seguido. No me di cuenta de que lo había hecho hasta que no llegué al final de la cascada y me di la vuelta. En ese momento vi su kayac vacío…

–¿Eduardo se ahogó? –preguntó Rachel, la cual se había acercado a él. Le puso una mano en el brazo.

Diego asintió con la cabeza.

–El agua estaba muy agitada aquel día y creo que su kayac se dio la vuelta en la cascada. Ambos habíamos bajado por cascadas muchas veces y sabíamos qué hacer, pero seguramente mi hermano se golpeó la cabeza contra una roca. Yo me acerqué a la orilla y subí por ésta para ver si lo veía… pero ya fue demasiado tarde. Eduardo estaba muerto cuando lo saqué del agua.

Ella deseó poder consolar a su marido, pero la inmensa pena que reflejaron los ojos de éste le dejó claro que nada de lo que dijera lo ayudaría a aliviar su dolor. Entrelazó los dedos con los de él. Tras unos segundos, Diego le apretó la mano.

–Naturalmente mi madre se quedó trastornada cuando traje el cuerpo sin vida de mi hermano a la hacienda. Y mi abuelo… mi abuelo me acusó de haber causado deliberadamente la muerte de Eduardo para poder heredar la Estancia Elvira.

–¡No! –Rachel no pudo evitar emitir un grito de dolor ante la crueldad de Alonso Ortega–. Tu abuelo debía saber lo mucho que querías a tu hermano. Y nadie podía haber previsto que Eduardo moriría en el río. Fue un trágico accidente.

–Un accidente que yo podía haber evitado –contestó Diego con dureza–. Desde luego que no pretendí que muriera, pero si no hubiera sido tan obstinado y Eduardo no hubiera sido tan leal, hoy estaría vivo. Bajó por el río para tratar de protegerme... aunque yo le había gritado. No te imaginas cómo me hace sentir eso. Mi abuelo tenía razón; yo maté a mi hermano.

–Diego, no puedes creer eso –dijo ella, tratando de controlar las lágrimas–. Todos realizamos nuestras elecciones en la vida y Eduardo eligió seguirte por el río. El hecho de su muerte es algo terrible, pero creo que a él no le hubiera gustado que pasaras el resto de tu vida culpándote por ello.

Rachel se percató de que Diego había enterrado su corazón junto a su hermano y aquélla era la razón por la cual no se quería acercar a ningún otro ser humano.

–Por eso no vives en la Estancia, ¿verdad? Hay demasiados recuerdos del pasado.

Por primera vez desde que había desnudado su alma frente a Rachel, él se forzó en mirarla. Había estado seguro de que habría encontrado desprecio reflejado en sus ojos, desprecio por lo que había hecho, por lo que le sorprendió mucho ver que su mirada sólo reflejó comprensión... y una profunda compasión que lo conmovió. Pensó que por lo menos ella no lo odiaba como su madre y su abuelo habían hecho.

–A veces, cuando el viento alborota las ramas de los árboles, te juro que puedo oír el grito que emitió mi madre cuando vio el cuerpo sin vida de mi hermano –le confió en voz baja–. Tras el entierro de Eduardo, yo no pude soportar seguir aquí y me marché a jugar polo a cada rincón del mundo que pude. Pero cada noche mis sueños me traían de nuevo a la hacienda y veía el cuerpo de Eduardo, gris y sin vida.

Diego hizo una pausa y se encogió de hombros.

–Durante todo aquel tiempo no tuve contacto ni con mi madre ni con mi abuelo. Pero cuando hace cuatro años Alonso murió, descubrí que me había nombrado su heredero. Regresar a este lugar fue… duro. Al principio decidí vender la Estancia… pero no pude hacerlo. Eduardo amaba este lugar y venderla habría sido la última traición hacia él.

En ese momento miró de nuevo la cara de Rachel. Pensó que era muy bella. Se dio cuenta de que tenía lágrimas en los ojos e, impresionado, descubrió que aquellas lágrimas eran por él.

–¿Comprendes ahora por qué no puedo vivir aquí? –preguntó entrecortadamente–. Esto debería haber sido la casa de Eduardo –añadió, mirando la tripa de su esposa.

Sabía que ella había estado muy cansada durante aquellas últimas semanas de embarazo, y era consciente de que todavía lo estaba, pero había notado que nunca se quejaba. Como tampoco se había quejado acerca de tener que ir a vivir a un país extranjero para ella y comenzar una nueva vida. Nunca le había dicho lo mucho que la admiraba por la manera en la que estaba soportando todo.

–Rachel… –dijo al observar lo pálida que se había quedado y el gesto de dolor que reflejó su cara–. Lo siento. Sé que esperabas quedarte aquí.

–No pasa nada. Creo que te equivocas al culparte de la muerte de Eduardo y también creo que él habría querido que estuvieras aquí –contestó ella con delicadeza–. Pero comprendo por qué prefieres regresar a la ciudad y siento haber mandado de vuelta a Arturo.

Rachel logró esbozar una leve sonrisa, pero volvió a sentir una extraña sensación en su estómago, igual a la que había sentido hacía unos segundos. Contuvo la respiración al sentir cómo un intenso dolor la traspasó, un dolor tan agudo que le hizo doblarse…

–¿Qué ocurre? –exigió saber Diego–. ¿Te duele algo?

–No es nada –respondió ella, enderezándose al pasar el espasmo–. Creo que debe haber sido una de esas contracciones previas que dan como en preparación a las contracciones de verdad. La encargada de las clases de preparación al parto dijo que puedes tenerlas semanas antes del parto. Se les llama contracciones Braxton Hicks.

–¡Santa madre! No me importa cómo se las llame –espetó Diego–. Simplemente no quiero que las tengas aquí, a kilómetros de distancia de un hospital. Espera mientras voy a telefonear a Arturo. Me he dejado el teléfono móvil en los establos y el único teléfono de la casa está en la planta de abajo –explicó. Entonces se dirigió a la puerta del dormitorio y allí se detuvo–. Rachel… gracias.

Ella comprendió de inmediato que él le estaba dando las gracias por no pensar que era un asesino, tal y como habían hecho su madre y su abuelo.

–Ve a telefonear –le dijo, conteniendo las lágrimas.

En cuanto se quedó sola, otra contracción se apoderó de su estómago. Le dolía muchísimo la espalda y sintió otra contracción más, mucho peor que las dos anteriores. Se mordió el labio con tanta fuerza que se hizo sangre. Trató de respirar con calma. Pero cuando finalmente la contracción pasó, se percató de la humedad que tenía entre las piernas y el pánico se apoderó de ella al darse cuenta de que había roto aguas.

–Arturo tardará un rato –informó un enfurecido Diego al regresar al dormitorio–. Ha habido un accidente en la autopista y dice que el tráfico es un… infierno –añadió, tratando de comprender qué ocurría al ver a Rachel echada sobre la cama con la cabeza apoyada en las almohadas y las piernas levantadas–. ¡Dios! ¿Qué estás haciendo?

–Diego… creo que estoy de parto –contestó ella con el pánico reflejado en la voz.

–No, querida, son sólo las contracciones previas –aseguró él–. No sales de cuentas hasta dentro de cuatro semanas.

–Pero el bebé viene ya –contestó Rachel, invadida por el dolor–. He roto aguas. Voy a dar a luz, lo sé –añadió, mirando a Diego con la desesperación reflejada en la cara–. Tengo miedo… no podemos llegar a ningún hospital.

–Querida, aunque estés de parto, como es tu primer bebé no nacerá tan rápido. Todos los libros lo dicen –trató de tranquilizarla él–. Arturo llegará pronto y te llevaremos a un hospital.

Como respuesta, ella emitió un grito que impactó mucho a Diego, el cual observó cómo se puso muy tensa y sintió cómo le agarró la mano con fuerza.

–Pero nuestro bebé no ha leído el libro –sollozó Rachel cuando por fin pudo hablar–. Diego, por favor… por favor, tienes que quitarme las braguitas.

El terror que reflejó la voz de ella forzó a Diego a controlar su propio miedo. Pensó que tenía que ayudar a su esposa. Le subió el vestido hasta la cintura y le quitó la prenda de ropa interior que le había pedido.

–Santa madre, puedo ver la cabeza… –dijo, impresionado–. Rachel, tengo que llevarte al hospital. El helicóptero…

–¡No voy a dar a luz en un helicóptero! –espetó ella, sintiendo cómo otra contracción le causaba un increíble dolor–. Oh, Diego. Esto es culpa mía. No debí haber venido. He puesto al bebé en peligro. Aquí no hay nadie que pueda ayudarme y yo no puedo dar a luz sola.

–No vas a dar a luz sola, querida –contestó él–. Voy a telefonear a los servicios de emergencias pero, si no llegan a tiempo, seré yo el que te ayude a dar a luz.

–¿Podrás? –preguntó Rachel con la voz temblorosa.

–Yo puedo hacer lo que sea –respondió Diego–. Confía en mí, corazón mío.

Desde aquel momento en adelante, Rachel perdió la noción del tiempo y el mundo se convirtió en una nube de dolor. El único contacto que tuvo con la realidad fue la voz de Diego animándola a empujar y diciéndole que era la mujer más maravillosa del mundo.

–Quiero empujar –gruñó al sentir cómo el dolor se hizo más intenso–. Diego... no puedo soportarlo...

–Tranquila, querida –dijo él con mucha delicadeza, tratando de controlar la emoción que sintió al darse cuenta de que su hijo estaba a punto de nacer–. Empuja, Rachel, empuja...

Maravillado, Diego se quedó mirando cómo la cabeza y los hombros del bebé salieron del cuerpo de su madre, seguidos de un diminuto cuerpo. Tomó a su hijo con las manos y la emoción se apoderó de él.

–Tenemos un hijo –dijo–. Rachel, tenemos un hijo.

En ese momento la miró y vio las lágrimas que le cayeron por las mejillas. Sin decir nada, ella tendió los brazos y él le puso en las manos al hijo de ambos.

Rachel miró a su bebé y se sintió invadida por una ola de amor que terminó con las dudas y miedos que había albergado durante su embarazo. Pensó que nada era más importante que su hijo. Se lo llevó al pecho y sintió una gran alegría cuando el pequeñín comenzó a mamar. Aunque había sido concebido por accidente, era el bebé más querido y adorado del mundo.

A continuación miró a Diego y le dio un vuelco el

corazón al ver que éste tenía los ojos húmedos. Se percató de que estaba emocionado. Le habían hecho demasiado daño, pero ella no sabía cómo curarle.

–Nuestro hijo te debe la vida –aseguró.

Los ojos de Diego reflejaron un gran dolor. No pudo apartar la mirada de Rachel. Ésta tenía el pelo empapado en sudor y parecía estar completamente exhausta, pero la sonrisa que esbozó al mirar a su hijo fue la cosa más bonita que él había presenciado jamás. Pensó que aquella mujer era increíble. Había tardado demasiado tiempo en apreciar la suerte que tenía al tenerla en su vida… pero entonces recordó que no se la merecía ya que Eduardo no tenía nada.

Rachel notó que Diego comenzaba a alejarse de ella y volvía a esconderse tras las barricadas que había formado alrededor de su corazón. Deseó acercarse a él y asegurarle que ella nunca le haría daño como le habían hecho su madre y su abuelo. Pero no hubo tiempo ya que en ese momento oyeron las pisadas de los médicos subir por las escaleras.

–Ha tenido un parto increíblemente rápido para ser el primero –comentó uno de los médicos tras cortar el cordón umbilical y limpiar al bebé–. ¿Cómo van a llamarlo?

–No estoy segura –murmuró Rachel, acariciando las sonrojadas mejillas de su pequeño–. Quiero que tenga un nombre argentino –añadió–. Tú eliges –le dijo a Diego, esbozando una tímida sonrisa.

–Alejo es un nombre bonito y con mucha personalidad –comentó Diego.

–Alejo Ortega –dijo Rachel. Sonrió ante el pequeñín que dormía en sus brazos–. Es perfecto. ¿Estás contento? –le preguntó entonces a su marido.

Pero la emoción que habían reflejado los ojos de Diego en el momento del nacimiento de Alejo había desaparecido. La sonrisa que esbozó al acercarse a ella fue fría e impersonal.

–Desde luego que estoy contento –contestó, acariciándole la mejilla con los labios–. Me has dado un hijo. ¿Qué más puedo querer?

Rachel quiso gritar que a ella, que la podría querer a ella. Pero no dijo nada y rezó para que él pensara que sus lágrimas eran de alegría por haber tenido a su bebé.

Capítulo 12

AUNQUE Alejo parecía gozar de buena salud a pesar de ser un bebé prematuro, los médicos estuvieron de acuerdo en llevarlo a un hospital de Buenos Aires lo antes posible. Rachel no discutió aquello. El bienestar de su bebé era lo más importante.

–Sabías dónde querías nacer, ¿verdad, mi ángel? –le dijo a su pequeñín mientras iban en la ambulancia–. Ahora simplemente tendremos que convencer a tu padre de que debes crecer en la Estancia Elvira.

Estuvieron una semana ingresados en la exclusiva clínica privada que había elegido Diego. Alejo sufrió una leve ictericia, algo normal en bebés prematuros, pero tras el tratamiento que le administraron mejoró rápidamente.

Una vez que regresaron a casa, Rachel se esforzó mucho y Diego la ayudó en todo lo que pudo. Pero después de un mes prácticamente sin dormir, ella estaba muy cansada, delgada y ojerosa. Le afectó mucho cuando la pediatra le dijo que debía complementar la nutrición de Alejo con biberones.

–Nació con poco peso porque fue prematuro, pero este bebé va a ser como su papá –comentó la pediatra–. La que me preocupa es usted. Ha perdido demasiado peso.

–Siempre he sido delgada –se defendió Rachel, a la que le había sorprendido mucho que su estómago hubiera vuelto a estar tan plano como antes del embarazo.

Estaba siempre muy preocupada por su hijo y, la decepción que sintió al saber que no podía alimentarlo como era debido con su propia leche, empeoró cuando Diego anunció que había contratado una niñera.

–No necesitamos una niñera –espetó–. Quiero ocuparme yo sola de mi bebé –añadió, rompiendo a llorar.

–Las depresiones post parto son muy frecuentes durante las primeras semanas tras dar a luz –le había comentado la pediatra a Diego en cuanto había podido hablar con él a solas.

Él pensó que no podía permitir que aquella situación continuara. Rachel estaba consumiéndose delante de él y había que hacer algo.

–Inés le dará a Alejo la cena y se ocupará de él durante las noches –le explicó a su esposa.

–¿Por qué no puedo darle yo de cenar? –exigió saber Rachel, odiando la idea de que otra persona se ocupara de su hijo.

–Porque por las noches te peinarás, te maquillarás, te vestirás con la nueva ropa que te he comprado y saldremos a cenar –contestó Diego con la determinación reflejada en los ojos–. No eres simplemente una madre, querida. También eres una esposa y tienes un marido que quiere pasar tiempo contigo.

A Rachel le impresionó tanto aquella afirmación que, una vez que conoció a Inés y descubrió que era agradable, así como que tenía mucha experiencia con bebés, dejó de preocuparse sobre el hecho de dejar a Alejo con ella.

La primera noche que salieron se llevó consigo dos teléfonos móviles por si acaso Inés necesitaba ponerse en contacto con ella. Pero cuando se sentó en el restaurante delante de Diego, se relajó y se sintió atractiva por primera vez en meses. Observó cómo él le miró el escote y el calor se apoderó de su entrepierna. Se preguntó si aquella noche su marido le pediría que compartiera su cama por primera vez desde el nacimiento de Alejo.

Disfrutaron de una exquisita comida y, aunque sólo hablaron de su hijo, se sintió muy cercana a Diego. Aquel mismo día, mientras éste la había ayudado a bañar a Alejo, le había contado cómo a Eduardo y a él les había encantado llenar de agua la bañera del cuarto de baño de la hacienda cuando habían sido pequeños. Aprovechando el momento, ella le había alentado a que le contara más historias de su niñez y Diego lo había hecho.

–Había olvidado todos los buenos momentos que compartí con mi hermano –había admitido él una vez que colocaron al bebé en su cunita–. O tal vez los aparté de mi cabeza deliberadamente porque eran demasiado dolorosos como para recordarlos.

–¿Siguen siendo recuerdos dolorosos? –le había preguntado entonces ella.

–No... ahora son recuerdos buenos y no quiero perderlos –contestó Diego, sorprendido.

Mientras tomaron café después de la cena en el mismo restaurante, los ojos de él brillaron.

–Esta noche estás impresionante –murmuró–. Has recuperado tu figura y ese vestido marca tu diminuta cintura a la perfección.

–Gracias –contestó Rachel con el corazón revolucionado. Contuvo la respiración cuando él le tomó la mano por encima de la mesa.

–Tengo un regalo para ti... un pequeño obsequio por haberme dado un hijo tan adorable.

Al abrir Diego la pequeña cajita de terciopelo, ella emitió un pequeño gritito al ver un anillo de diamantes y piedras preciosas azules.

–Oh, Diego, es precioso.

–Los zafiros son de Sri Lanka –explicó él–. Son del mismo color que tus ojos, querida –añadió, poniéndole el anillo junto a su alianza matrimonial–. Me he percatado de que no te pones tu anillo de compromiso porque se engancha con la ropa de Alejo. Pero éste es pequeño y delicado. Creo que te queda mejor.

–Me encanta –aseguró Rachel.

–Se está haciendo tarde –comentó Diego, mirando su reloj–. Pediré la cuenta.

–No nos tenemos que ir todavía. Tal vez te gustaría tomar un licor –se apresuró en decir ella, que deseó que aquella velada no terminara nunca–. No estoy cansada.

–Me alegra oír eso –dijo él–. Me estaba preguntado si podría convencerte de que jugáramos una partida de ajedrez cuando lleguemos a casa. Con las reglas argentinas –murmuró dulcemente.

–Creo que te refieres a tus propias reglas –contestó Rachel, incapaz de contener una sonrisa al recordar cuando solían jugar al ajedrez en Gloucestershire–. Cuando juego al ajedrez contigo, parece que siempre pierdo la ropa.

Diego se levantó y se acercó para ayudarla a hacer lo mismo a ella.

–Ése es el plan, querida –murmuró antes de besarla en la boca.

Durante el trayecto de regreso al ático no hablaron, pero el silencio que había entre ambos estuvo cargado de tensión sexual. Él volvió a besarla cuando entraron en el ascensor y no apartó sus labios de ella hasta que no llegaron al piso cuarenta y dos.

–Debería comprobar cómo está Alejo –susurró Rachel al tomarla Diego en brazos y comenzar a llevarla al dormitorio principal.

–Inés se encarga de él durante las noches –contestó

él con firmeza, reclamando la boca de su esposa una vez más.

Ella no pudo resistirse. Lo abrazó por el cuello mientras Diego entró en el dormitorio y cerró la puerta tras ellos con el pie.

Pensó que tal vez su marido no la amaba como ella lo amaba a él, pero estaba segura de que se preocupaba por ella. Al dejarla Diego en el suelo y bajarle los tirantes del vestido, con lo que expuso sus pechos, se percató de que le había regalado un anillo de eternidad.

–Pensé que íbamos a jugar al ajedrez –dijo al caer al suelo su vestido.

–Se han modificado las reglas –murmuró él–. No vamos a utilizar ningún tablero, sino que simplemente nos quitamos la ropa. Fuiste muy valiente cuando tuviste a Alejo –comentó.

–No fui valiente. Grité muchísimo. Pero agradecí el hecho de que tú estuvieras allí conmigo –respondió Rachel, mirándolo a los ojos. Vio algo en éstos reflejado que no supo definir.

En aquel momento Diego la besó. Le acarició los pechos y el estómago, así como el centro de su feminidad por encima del encaje de sus braguitas.

–Diego... –comenzó a decir ella. Aquello no era suficiente. Estaba deseando que le hiciera el amor. Temblando de necesidad, trató de desabrocharle la camisa.

Pero entonces él se quitó la ropa, le bajó las braguitas a ella y la tomó en brazos de nuevo para dejarla en la cama a continuación. El deseo se apoderó de su cuerpo cuando le separó las piernas y se percató de lo húmeda que estaba. Bajó la cabeza y chupó uno de sus endurecidos pezones. Oyó cómo Rachel gimió de placer y comenzó a chuparle su otro pezón. Mientras la penetró con los dedos, pensó que ella le había dado mucho. Rachel era como una luz dorada en su vida.

–Diego… ahora… por favor… –imploró ella.

–No quiero hacerte daño.

–No me lo harás –aseguró Rachel, estirando las piernas.

Suspiró de placer al sentir cómo Diego la penetró con su sexo, el cual la llenó completamente por dentro. En ese momento él volvió a besarla mientras le hizo el amor con un ritmo cada vez más rápido… hasta que ella llegó a las puertas del cielo y esperó a que él la acompañara. Observó cómo Diego echó la cabeza para atrás y ambos cayeron juntos por un precipicio de placer, sus cuerpos temblorosos debido a la intensidad de su pasión. Entonces él le besó la mejilla, el pelo y le bajó los párpados con una extremada delicadeza. Rachel se quedó dormida en sus brazos sin ser consciente del hecho de que Diego estuvo observándola durante largo rato.

Durante la semana siguiente, Rachel fue más feliz de lo que jamás lo había sido. Pasó los días cuidando de su querido hijo, pero por las noches estuvo con Diego y le encantó la dedicación que mostró él al hacerle el amor.

Pero aquella burbuja de placer explotó una mañana cuando se despertó y vio a su marido vestido con ropa de montar.

–Lo siento, cariño, pero debo volver al trabajo –dijo él al acercarse a darle un beso–. Tengo que participar en un torneo en Brasil y el patrocinador ha telefoneado para preguntarme si podía ir un par de días antes a Sao Paulo.

–¿Pretendes continuar con tu carrera como jugador de polo? –preguntó Rachel.

–Desde luego –contestó Diego, sorprendido–. ¿Por qué no iría a hacerlo?

–Es un deporte peligroso y pensé que... como ahora hay que pensar en Alejo, tal vez te retirarías de las competiciones.

–El polo no es más peligroso que otros deportes y, además, es mi trabajo, Rachel –dijo él con cierta impaciencia al mirarlo ella con un aire de reproche.

–Alejo te echará de menos –aseguró Rachel, desanimada. Trató de ocultar lo decepcionada que se sintió ante el hecho de que Diego fuera a continuar viajando por todo el mundo sin ningún reparo en dejarla atrás.

–Yo también lo echaré de menos... –contestó él, vacilando–. Cuando regrese, la Estancia Elvira albergará un torneo nacional. Había pensado que te gustaría ir con Alejo. Pasaremos un par de días allí.

Rachel asintió con la cabeza y forzó una sonrisa, pero durante la semana siguiente, mientras Diego estuvo fuera, no pudo quitarse de encima la sensación de que algo iba a estropear su recién estrenada felicidad. Se recordó a sí misma que él era un jugador de polo con mucha experiencia, pero que corría riesgos que otros jugadores no se atrevían a correr...

El vuelo de Diego desde Brasil fue retrasado y no llegó a la Estancia hasta el día del torneo nacional. Arturo había llevado a Rachel y al pequeño Alejo a la hacienda dos días antes.

El ama de llaves, Beatriz, adoraba al bebé y, una vez que Rachel le dio de comer y lo tumbó en su cunita, se encargó de cuidarlo mientras ésta fue a buscar a su marido.

En los establos había una actividad frenética y Rachel buscó a Diego con desesperación. Se le aceleró el corazón al verlo andando por el patio. Pensó que estaba increíblemente guapo. Lo amaba tanto que incluso la asustaba. Se acercó a él y se echó en sus brazos.

–¿Puedo interpretar esto como que me has echado de menos, querida? –preguntó Diego con el brillo reflejado en sus ojos color ámbar. A continuación le dio un apasionado beso.

–Desde luego que sí –contestó ella una vez que dejaron de besarse.

–Rachel… tenemos que hablar –dijo entonces él con una seria expresión reflejada en la cara–. Pero ahora no –añadió, esbozando una mueca–. Tengo que marcharme.

Tras decir aquello, le dio un fugaz beso en los labios a su esposa y se digirió hacia su caballo ya que iba a participar en un partido de polo.

Ella se quedó mirándolo y sintió cómo toda la emoción que había sentido al verlo se desvaneció. Pero se dirigió hacia el campo donde iba a celebrarse el partido. Observar a Diego jugar fue emocionante y aterrador al mismo tiempo. Éste era un jugador sensacional, aunque en ocasiones le pareció que sus acciones rozaron la imprudencia.

El accidente ocurrió demasiado rápido. Rachel observó cómo el caballo de Diego chocó contra otro caballo. Su marido salió volando por los aires y finalmente cayó al suelo como a cámara lenta… con tan mala suerte que su caballo cayó sobre él.

Aterrorizada, ella trató de acercarse a Diego, pero uno de los trabajadores, Héctor, se lo impidió.

–Los médicos ya están con él. Usted no puede hacer nada, señora Ortega. Regrese a la hacienda y yo le informaré en cuanto tenga noticias de cómo está.

–No puedo dejarlo –gritó Rachel, desesperada–. Quiero estar con él.

Pero Héctor negó con la cabeza y ella se sintió enferma de miedo.

–Tengo que ir con él –insistió.

–Vaya con su hijo, señora –le dijo Héctor con dureza–. Iré a informarle en cuanto tenga noticias.

Otro de los trabajadores del rancho la acompañó a la casa. Rachel no opuso ninguna resistencia ya que sabía que Héctor tenía razón; no había nada que pudiera hacer por Diego.

Una vez en la casa, el tiempo comenzó a pasar extremadamente despacio. Media hora. Una hora. Mientras Beatriz lloraba en silencio, Rachel cambió a Alejo y se forzó en sonreír para él. Invadida por el miedo, se repitió a sí misma una y otra vez que Diego no podía estar muerto.

Cuando oyó un coche acercarse a la vivienda, se apresuró en acercarse a la puerta principal. Sus piernas amenazaron con fallarle cuando vio a Diego entrar en la casa. Éste tenía la camisa llena de polvo y un gran moretón en una de las mejillas. Pero por lo demás, parecía estar bien.

–Hola, querida –saludó él. Al percatarse de lo asustada que había estado ella, sintió un dolor en el corazón que no tuvo nada que ver con el accidente que había sufrido. Cuando había caído al suelo y se había percatado de que su caballo iba a aplastarlo, en lo único en lo que había pensado había sido en que no le había dicho a Rachel lo que significaba para él.

–Pensé que habías muerto –susurró ella–. Vi cómo el caballo cayó y pensé que te había aplastado.

–Lo vi caer y tuve tiempo de echarme a un lado –contestó Diego–. Estoy bien. Sólo tengo un par de costillas magulladas y unos cuantos moretones... pero nada por lo que preocuparse.

–¿Te duele el moretón de la mejilla? –quiso saber Rachel, acercándose a él.

–Un poco, pero sobreviviré. Rachel...

–Cuando vi... cuando pensé... –comenzó a decir ella, pero tuvo que dejar de hablar al sentirse invadida por la emoción–. ¿Cómo se te ocurrió hacerme pasar por algo así? –le gritó debido a lo mal que lo había pasado–. Me di cuenta de la manera en la que estabas montado... sin preocuparte en absoluto por tu seguridad. Sé que todavía te culpas por la muerte de Eduardo. Fue un trágico accidente, Diego. Pero no fue culpa tuya, aunque pareces decidido a ser un mártir durante el resto de tu vida.

Rachel hizo una pausa para tomar aire y sintió todo su cuerpo tembloroso.

–En ocasiones desearía no amarte –comentó–. Pero te amo, maldito seas. Te amo.

Al percatarse de las chispas que reflejaron los ojos de él, supo que había llegado demasiado lejos. Probablemente Diego estaba furioso con ella. Con lágrimas en los ojos, se dio la vuelta y comenzó a subir las escaleras, pero antes de que llegara al final, él la alcanzó y la tomó en brazos. Pero ella no pudo soportar enfrentarse a su marido, no cuando le había revelado sus sentimientos, por lo que le dio con los puños en el pecho, enfurecida.

–Márchate. Déjame en paz.

–No puedo hacer eso, querida. Jamás volveré a dejarte –le prometió Diego, subiendo a la planta de arriba con ella todavía en brazos. Entonces se dirigió al dormitorio principal y abrió la puerta con la pierna–. Tú eres mi esposa y jamás volveremos a separarnos, ni siquiera durante una noche –aseguró con la emoción reflejada en la voz.

Tras decir aquello le dio un apasionado beso, un

beso que denotó posesión y determinación. Rachel le devolvió el beso con ardor mientras las lágrimas le cayeron por las mejillas al recordar el terror que había sentido al haber creído que había perdido a su marido para siempre. Necesitó saborearlo, comprobar que realmente estaba allí y que no era producto de su imaginación. Diego le acarició el cuerpo. La tomó por el trasero y la apretó contra su pelvis para a continuación acariciarle las caderas, la cintura, y cubrirle los pechos con las manos.

Una intensa excitación se apoderó de ella cuando él le desabrochó los botones de su vestido de tirantes y expuso sus pechos. Sentir cómo Diego le acarició la desnuda piel de sus senos fue una sensación exquisita y deseó a su marido con todas sus fuerzas. Pero se recordó a sí misma que nada había cambiado y la voz de su conciencia entró en lucha con la ferviente necesidad de que la poseyera.

–Diego…

Él apartó la boca de la de ella, que se estremeció al sentir cómo comenzó a acariciarle con los labios la barbilla para a continuación bajar hacia su cuello.

–No quiero tener sexo contigo.

–Yo tampoco quiero tener sexo contigo, Rachel.

–¿No…? –contestó ella, sintiendo la profunda agonía de aquel rechazo.

En aquel momento él le tomó la cara con las manos y la miró fijamente a los ojos.

–Lo que quiero es hacerte el amor –dijo–. Pero primero tengo que decirte que… te quiero, querida. Te amo, Rachel. Tú eres mi vida, mi amor.

Tras confesar aquello, le secó las lágrimas con la boca. Ella tembló al notar la ternura y el amor que reflejaron los ojos de su marido.

–Si te soy sincero, creo que me enamoré de ti cuando

te ayudé tras la caída que sufriste de tu caballo –continuó Diego–. Nunca antes había conocido a nadie como tú y el mes que pasamos juntos en Hardwick fue el más feliz de mi vida. Cuando me dejaste, me demostraste lo diferente que eras de mis anteriores amantes. Me dolió mucho –confesó–. Me puse tan furioso ante el hecho de que tuvieras el poder de hacerme daño que me marché a Nueva York decidido a olvidarte. Pero no pude dejar de pensar en ti y, cuando me enteré de que habías tratado de ponerte en contacto conmigo, utilicé un viaje de negocios que tenía que hacer a Londres como excusa para verte.

–Y me encontraste embarazada de siete meses de un niño que te negaste a creer que fuera tuyo.

–No mereciste mi enfado ni mis estúpidas acusaciones, querida. Cuando me calmé me di cuenta de que habías dicho la verdad cuando habías asegurado que eras virgen... tras lo cual me enfadé conmigo mismo por no haber sido más delicado aquella primera vez.

Diego hizo una pausa y miró a su esposa.

–No llores más, mi corazón –dijo con dulzura–. No quiero volver a hacerte llorar. Sentí que era un error amarte ya que le robé su futuro a Eduardo. Mi propio sentimiento de culpa se vio reforzado por mi madre y mi abuelo, los cuales me acusaron de ser responsable de la muerte de mi hermano. Jamás podré dejar de pensar que si hubiera controlado mi mal genio aquel día, Eduardo todavía estaría vivo. Pero tú has logrado que me dé cuenta de que mi hermano no querría que perdiera mi vida recriminándome a mí mismo por lo que ocurrió y negando lo que alberga mi corazón.

Al darse cuenta de que las pestañas de Diego estaban húmedas, Rachel comenzó a llorar de nuevo. Pensó que él había estado muy solo en su vida, pero que jamás volvería a estarlo.

–¿Qué alberga tu corazón? –le preguntó, susurrando.

–A ti –contestó Diego. Le tembló la voz debido a la emoción y abrazó a su esposa–. Alejo y tú sois las razones de mi existencia y os amaré a ambos hasta el día en que me muera.

–Oh, Diego... –Rachel se puso de puntillas, lo abrazó por el cuello y le dio unos desesperados besos en sus húmedas mejillas, en su amoratada cara... y alrededor de sus sensuales labios–. Te amo tanto que me duele –añadió, besándole la boca.

Se sintió embargada por la alegría cuando él le devolvió el beso con una delicada pasión que prometió amor y compromiso para la eternidad.

–Hazme el amor –suplicó.

Emocionado, Diego se rió. Incitó a Rachel a tumbarse en la cama y la cubrió con su musculoso cuerpo.

–Lo haré con placer, mi amada.

La ropa de ambos supuso una incómoda barrera de la que él se deshizo a toda prisa. Con el deseo reflejado en los ojos, miró el pálido y delicado cuerpo de su esposa. A continuación le separó los muslos y se colocó entre éstos.

–Te amo, mi Rachel –le susurró en la boca al penetrarla. Repitió aquellas palabras una y otra vez.

Le hizo el amor con el corazón, con la mente y con el cuerpo, así como con todo el amor que tenía dentro, hasta que ambos alcanzaron el clímax del placer. Entonces se quedaron tumbados en la cama en los brazos el uno del otro.

–Creo que deberíamos fijar aquí nuestra residencia, en la Estancia Elvira. Sería bueno para Alejo crecer en este lugar –murmuró Diego, sintiendo cómo le dio un vuelco el corazón al ver la felicidad que reflejó la cara de ella.

–¿Estás seguro? –preguntó Rachel con delicadeza.

–Sí. Ya no voy a continuar compitiendo y quiero involucrarme más en el día a día del rancho. Además, una vez que hayas visto el regalo que te he comprado, dudo que sea capaz de separarte de los establos.

Ella sonrió. El amor de Diego era el único regalo que quería, pero se sintió invadida por la curiosidad.

–¿Qué regalo?

–Un caballo de saltos… negro. Según parece, su nombre significa «oscuro»…

–¿Piran? –gritó Rachel–. ¿De verdad? ¡Oh, Diego! –añadió, hundiendo la cara en el cuello de su marido. Sintió como si fuera a explotar de alegría–. Te amo.

–Lo sé, querida. Yo también te amo. Para siempre.